RETOUR À PASAIA

AROA MORENO DURÁN

RETOUR À PASAIA

roman

Traduit de l'espagnol
par Eric Reyes Roher

ALBIN MICHEL

« Les Grandes Traductions »

Lauréat du prix Grand Continent 2022 (3466.eu)
Le prix Grand Continent est le premier prix littéraire qui distingue chaque année un grand récit européen.
Avec le soutien de : Fondation Simone et Cino del Duca, Fondation Jan Michalski, Conseil régional de la Vallée d'Aoste, Commune d'Aoste, Commune de Courmayeur, GEIE- Tunnel du Mont-Blanc, Skyway Monte Bianco.

À ma mère,
qui nous a portées et nous soutient

« Txakur haundia etorriko da ta, zuk ez baduzu egiten lo. »

« Le grand chien viendra si tu ne dors pas. »

Haurtxoa Sehaskan,
d'après une berceuse basque

« Here we go mother on the shipless ocean.
Pity us, pity the ocean, here we go. »

« Nous voilà, mère, voguant sur l'océan sans bateau.
Plaignez-nous, plaignez l'océan, nous voilà. »

Anne Carson

Ruth – Adriana – Adirane – Ruth

LE LIMON

1

MATÍAS

Ils avaient beau vivre dans la ria, on ne leur apprenait pas à nager. L'eau était glacée, comme elle l'est en novembre. L'eau était noire. Les poissons glanaient de la chaleur à la surface. Lorsque l'enfant n'eut plus la force de se débattre et qu'il sombra, on ne vit plus rien. Une frêle écume perlait encore au moment où l'autre garçon annonça du haut de la rambarde qu'un chien était tombé. Puis, il se ravisa et appela à l'aide.

Une pêcheuse, à l'approche de la ria, cria qu'il ne fallait pas se jeter à l'eau. Que personne ne saute ou on aura deux corps au lieu d'un ! Et personne ne sauta. Les pêcheurs sur les marches ne levèrent pas le nez de leurs nœuds. Les barques continuèrent de recevoir leurs coups de pinceau. L'usine crachait sa fumée noire dans le ciel des nouveaux quartiers. Des volets se fermèrent. Un cargo agita la baie.

Alors la pêcheuse plongea sa rame dans l'eau, une, deux, trois fois. Mais elle ne parvint pas à s'engager sous le pont, la mer était trop haute et les vagues s'y fracassaient sous l'effet de la houle. Les femmes du quartier se serrèrent les unes contre les autres et s'approchèrent du rivage, les bras entrelacés. Elles portèrent toutes la main à la bouche. Remontèrent les rues en quête de leurs rejetons et de soulagement. Partout dans le village on entendit résonner les noms des petits. Puis elles se turent peu à peu. Et rentrèrent chez elles.

La mère du plus grand des deux l'attrapa par le coude et le traîna jusque chez eux. Sans le regarder. Se contentant d'enfoncer solidement l'index et le pouce dans sa chair : Toi, tu ne sors plus. Et tu te tais.

Parfois, l'enfant se retournait, avec l'impression d'entendre les échos de leur dispute, ils s'étaient chamaillés au sujet des salabardes. Chez lui, le plus petit avait décapité les cinq chinchards aux ciseaux, puis il avait fourré les têtes dans un sac en toile de jute. Il s'était assis, les jambes ballantes, au bord du canal du village où l'eau s'engouffre à marée haute et laisse le fond à découvert lorsque la mer se retire, soit un écart de plus de deux mètres entre flux et reflux. Le plus jeune était sur le point de jeter sa corde à l'eau lorsque l'autre avait surgi en déclarant que c'était lui qui allait pêcher parce qu'il était le plus âgé. Donne-moi ça, c'est moi qui pêche. Tu n'y connais rien. Non, ce sont mes poissons, avait rétorqué le petit. Puis il s'était cramponné de toutes ses forces à son filet. L'autre, sans réfléchir, avait poussé le petit, qui était tombé à l'eau.

On ne leur apprenait pas à nager.

Cet après-midi-là, personne n'inspecta la ria. Personne n'arpenta ses rives. La pêcheuse, en revanche, observa toute la journée l'eau noire de la baie. Sans le chercher vraiment, elle passa et repassa sur les lieux quand la mer commença à descendre, sondant les profondeurs.

Le jour déclinait lorsqu'une femme sortit en courant dans la rue. Une femme qui avait découvert cinq corps de poissons étêtés sur la table de la cuisine. Et les ciseaux ouverts. La seule à ne pas avoir récupéré son enfant ce soir-là. Une femme vêtue de noir qui dévala la rue au pas de course et tomba à genoux au bord de l'eau, y plongeant les bras jusqu'aux coudes pour fouiller la mer dans l'espoir de dissiper les ténèbres.

Alors, elle se brisa. Elle cessa à jamais d'être la femme qu'elle était. Les eaux tumultueuses renvoyèrent tel un miroir le son de sa plainte d'un bout à l'autre de la baie et jusqu'à l'entrée du port, comme un porte-voix de la mort. Tout le monde trembla. Mais chacun chez soi.

À marée basse, face contre terre sur un fond de vase noire, les mains ouvertes, gisait le corps de l'enfant.

Dans la soirée, le procureur alla demander à la femme

ce qu'elle envisageait pour le garçon plus âgé. Ça m'est égal, répondit-elle en frottant la tache de sang encore frais des chinchards.

Une odeur de pourri flottait dans toute la maison.

MARÉE BASSE

2

L'ESCALE

(Adirane)

Jon descend à sa rencontre le long du Paseo de Francia. Une parka foncée sur le dos. Est-ce qu'il ne fait pas trop chaud pour une parka ? Est-ce qu'il a un jean ? Est-ce que ses chaussures sont usées ? Elle n'a pas vraiment le temps de le regarder. Mais ce qu'elle voit, ce sont ses deux yeux qui lui barrent le visage. Et on dirait bien qu'il marche, non ? Oui, c'est ce qu'il fait. Réduire la distance qui les sépare.

Il a bien répondu oui au message où elle lui demandait de venir la chercher, après tout ce temps, non ? Il a bien voulu qu'elle lui précise si elle s'arrêtait au village ou en ville, et pris un itinéraire différent en sortant du bureau, non ? Ce ne serait pas là ce qu'on appelle de la préméditation ? Il a bien laissé la mer à droite, sa femme loin derrière, tous les diminutifs amoureux sur la table et les années emballées dans deux couches de papier kraft ? Légumes grillés, agendas, chaussures de randonnée. Elle est certaine qu'ils sont du genre à mettre beaucoup de safran dans leurs plats.

Il a sûrement pensé à elle ces derniers jours, même fugacement, et peut-être que ça l'a excité en allant au travail, dans la rue, dans ce même manteau et dans ce même pantalon.

Alors qu'il lui reste trois pas à franchir et qu'il n'y a plus d'arbres derrière lesquels se cacher, la ville lui paraît si parfaite que ce soir pourrait être le dernier avant la fin du monde.

Ils s'enlacent une première fois, elle se hisse sur la pointe des pieds, blottit sa tête contre son épaule, sans parvenir à sentir son odeur.

Pourquoi es-tu venue ?

Où ? demande-t-elle en se serrant davantage contre lui. Ici ? Et tout le poids de cette question résonne dans sa bouche.

Le trop-plein de dopamine a eu raison de ses articulations, elle enlève son sac à dos, retire maladroitement sa veste noire et reste pétrifiée.

La marée basse découvre le lit du fleuve et sur la rive une mouette furète au milieu des pierres recouvertes de mousse verte.

On va boire un coup ? lui demande-t-elle. Tu as le temps ?

Allons-y. J'ai dit à Nora que je ne rentrerais pas avant le dîner.

Ils se mettent en marche sans but précis, en direction

de l'océan, franchissent le dernier pont qui enjambe le fleuve ; elle ne souhaite pas précipiter les choses, seulement s'imaginer un vertige de mots heureux, un coup de vent sous sa jupe. Elle ne souhaite arriver nulle part.

Tous deux ont continué de s'échanger des textos à l'occasion ; il écrit des phrases toutes faites qu'il envoie sans réfléchir, des poèmes rebattus à propos de la distance, mais elle ne s'en effraye pas, d'ailleurs certains jours, quand ça l'arrange, elle en éprouve même une certaine tendresse, car il lui semble que les truismes les plus pervers, sur son écran, sont vérité pure. Après tant d'années et de mails à essayer de mettre la balle au centre, de ne pas hausser le ton, d'en sortir indemnes : Salut, Jon. Salut, Adi. Hier j'ai croisé ta mère. Comment ça va là-haut ? Bisous.

Pour le moment, elle se fiche bien de ce qu'il lui raconte, que ce sont les villageois qui tous les mois assainissent l'eau de la ria, que son père a pris un coup de vieux, qu'il ne l'accompagne plus à la ferme ou qu'il a un chien blanc et noir à poils longs de taille moyenne, que sa femme et lui ont récupéré quelque part et qui dort dans leur lit toutes les nuits.

Adirane ne s'enquiert de rien ni de personne, car pour l'instant elle serait incapable d'enregistrer la moindre nouveauté. Et puis ça ne l'intéresse pas. Mais elle tente de meubler le silence qui s'installe entre eux en trouvant quelque chose de remarquable à dire sur cette ville qu'ils foulent à nouveau ensemble. Malgré ses efforts, impossible d'accéder à la zone de son cerveau où reste trop bien gravée la date exacte à laquelle des étrangers ont pris d'assaut le cœur de la cité, pillant les maisons, mettant le feu à la vieille ville et violant les femmes. Elle se creuse la tête en silence un long moment, interrogeant sa mémoire, qui, songe-t-elle, a une jauge limitée et c'est pourquoi tout ce qu'elle a vécu a chassé les vieux souvenirs par une porte dérobée. Il la ramène sur terre, Adi ? et agite une main devant ses yeux. Elle murmure quelque chose en lui montrant une rue ; il ne comprend pas vraiment ce qu'elle dit lorsqu'ils s'arrêtent à un carrefour, à l'endroit où une brèche s'est ouverte dans la muraille.

Ça fait combien de temps qu'on ne s'est pas vus ? Alors seulement, elle le regarde en face, en attendant que le feu passe au vert à l'angle du boulevard.

Tu étais enceinte. Tu te souviens ?

Bien sûr que je me souviens !

Elle se souvient de tout ce qui le concerne sans trop d'efforts, mais doit le repêcher dans un coin de son cerveau de moins en moins accessible. Leur rencontre d'aujourd'hui et ce qu'elle a laissé à Madrid ne se situent pas sur une même échelle. Mais elle se laisse porter par la présence de Jon, qui est tout ce qu'il y a de plus léger, de plus facile. Et elle se remémore une autre fois, la dernière fois qu'ils se sont retrouvés seuls, quand il était venu faire une escale de deux nuits chez elle, à Madrid, à l'époque où il s'installait à Vienne, car lorsqu'il surgit, il a toujours une bonne excuse. Juste avant de rencontrer Iván, il n'y a pas si longtemps, si on tient compte de l'ancienneté de leur histoire.

Elle se souvient du soleil qui entrait par la fenêtre et de ses pieds nus sur une chaise. Ils prenaient leur petit déjeuner, et pourtant, dans son souvenir il lui demandait d'arrêter de fumer tandis qu'elle sirotait un verre de vin blanc. Tout cela est assez ridicule. La photo présente les craquelures oniriques d'un passé lointain.

Ce qui est bien réel, en revanche, c'est qu'elle le raccompagna ensuite jusqu'en bas, dans un imperméable bleu marine qu'elle ne possède plus, et qu'elle n'a jamais su dire combien de temps avaient duré ces adieux. Sa main désormais privée de cette main qui l'avait connue tout entière, dans leur lit. L'œil bleu dans l'œil marron. La femme hors de l'étreinte de l'homme. L'homme à tout jamais hors de la femme. Elle ne sut dire précisément alors combien de trains ébranlèrent le sol sous leurs pieds tandis que la résistance de l'un se mesurait à celle de l'autre. Lorsque ni l'un ni l'autre ne dit reste ou viens avec moi. Encore imprégnés de l'odeur de la nuit. Combien d'entrées et de sorties à travers la bouche de métro tandis qu'eux étaient une photographie figée. Ni l'un ni l'autre n'avait alors d'enfant. Ni l'un ni l'autre n'avait renoncé à rien pour personne. L'onde de choc du pas en avant aurait fait des victimes quantifiables. Mais ils ne l'ont pas fait.

Ils savaient, eux, combien de temps peuvent s'observer deux personnes qui ne sont pas mère et fils sans échanger un seul mot.

Ils pénètrent dans un bar et quand elle se met à parler, le bruit est tel qu'elle préfère ne pas répondre à ce que lui n'a pas tardé à mettre sur le tapis : pourquoi est-elle revenue dans le Nord et pourquoi lui a-t-elle demandé de venir la chercher ? Elle ne compte pas aborder ce qu'elle a laissé derrière elle ni se confronter à ce qui se profile à l'horizon. Cet après-midi, elle souhaite seulement vivre une parenthèse de jeune insouciance maîtrisée.

Alors tu ne m'accorderas même pas un après-midi ? Et la supplique qu'elle ne prononce pas : Laisse-moi imaginer que nous sommes dix ans en arrière, Jon. Donne-moi un peu de notre légèreté d'antan. Permets-moi de croire que j'ai le temps.

Mais il ne semble pas prêt à accepter un silence embarrassé ou un brin d'ironie. Il ne veut laisser s'installer aucun blanc. Il n'a plus la patience, l'humeur, ou le temps pour ça. Jon pose des questions qui, de fait, ont une réponse. Faisons comme d'habitude, lui dit-elle. Et ce qu'elle n'exprime pas : Penchons-nous au-dessus d'un précipice sans conséquence. Avant de se dérober : Je ne voulais pas débarquer seule dans le village après toutes ces années et il m'est revenu que ton travail se trouvait à mi-chemin entre ici et là-bas.

Là-bas, répète-t-il, raillant la condescendance dans sa façon de dire les choses, avant de boire longuement à sa bière. Comment va ta grand-mère ?

Je suis venue pour qu'elle me raconte sa vie. Tu comprends. J'ai peur de passer à côté de quelque chose d'important faute de l'avoir interrogée. Qu'elle emporte avec elle ses souvenirs avant d'avoir pu m'en parler, comme si je tenais pour acquis qu'elle serait toujours là et qu'elle n'a connu d'autres histoires ou d'autres vies que celle des liens de parenté qui nous unissent. Elle peut nous quitter du jour au lendemain.

On n'en sait rien. À moins qu'elle ne soit tombée malade ?

Souvent, on sait ces choses-là. De quoi pourrait-elle tomber malade à son âge ? Son sang qui coagule, des milliers de trous de mémoire, les organes à bout de souffle. Il ne lui reste personne. Elle a enterré tout le monde. Parfois, pendant des jours entiers, je retrouve la femme qui m'a élevée, celle que tu as connue, terriblement lucide, avec son humour pince-sans-rire, ses mots si précis. D'autres fois, elle me dit des choses impossibles, qu'elle ne sait plus qui est qui, confond les lieux, les noms, ce qu'elle a vécu et ce que les autres ont vécu. Ou alors elle se renferme et raccroche subitement, me laissant seule face au silence à l'autre bout de la ligne. Ou bien elle me répète mille fois les mêmes choses. Comme si nous n'avions pas eu, la veille, cette même conversation. Je dirais qu'elle fait ses adieux par intermittence. Un jour elle est là ; le lendemain, absente. Aujourd'hui, elle sait parfaitement se servir d'un téléphone, demain, elle tremblera trop pour porter la cuillère à sa bouche. La nuit, elle hurle le nom de sa mère, convoque ses frères. Appelle la Belge.

Et ta mère ?

Oh ! Avec ma mère, on ne se parle plus. Ce que je sais, je le tiens de Naia, qui habite au rez-de-chaussée. Les jours où ma grand-mère ne m'appelle pas, c'est à elle que j'envoie un texto, elle interroge alors sa mère et me transmet son rapport.

Vous ne vous facilitez pas la vie. Tu restes jusqu'à quand ?

Mais Adirane ne dit mot. Car à cette question, elle ne sait pas répondre, certainement pas avant d'être arrivée, d'avoir posé le pied dans la maison de sa grand-mère, qui est aussi celle de sa mère et sa maison à elle.

Elle remue la tête pour mieux s'éclaircir l'esprit et revenir au moment présent. Elle tente de ne pas se laisser emporter lorsqu'elle disserte sur les raisons qui la poussent à s'entretenir avec sa grand-mère. Mais c'est bien lui, cet homme qui est là, assis à moins d'un mètre, avec entre ses jambes les affaires qu'elle a rapportées. C'est bien lui qui occupe matériellement l'espace immédiat. Cette fois ce n'est pas un texto. Ce n'est pas un coup de folie par une nuit de désespoir. Elle l'a convoqué sans y penser à deux fois et il a répondu à l'appel.

Celui dont elle connaît encore par cœur la façon de clore les paupières à certains moments. Il fut un temps, elle s'en souvient, où ils se laissaient guider l'un par l'autre. Celui dont elle conserve l'image d'un profil nu contre la fenêtre, la chair sûre et glabre, l'épi dans les cheveux, toujours plus longs sur la nuque. Tu n'es pas un peu vieux pour cette coupe, Jon ?

C'est lui qui est venu l'accueillir. Voici l'unique corde tendue dans la réalité : Lui est là. Et cela paraît réel. Mais elle comprend que la défaite dont elle provient ne lui intime pas à ce stade de qualifier cette rencontre par-delà une tendresse ancienne, si attachante soit-elle.

Aucun rire niais ne vient gâter son sourire. Il semble se délecter de sa présence, mais elle n'y répond que par une moue forcée, tant elle est raide. Enfin, elle assume que ce n'est pas le moment de corser la rencontre et de cesser d'ignorer qu'au sol est tracée une frontière séparant deux fronts : la distance d'un corps à corps.

Ils passent plus d'une heure à évoquer le bon vieux temps. À faire résonner les noms de tous ces amis qu'ils n'ont pas revus depuis des années, les anecdotes mille fois ressassées, mais désormais si lointaines qu'elles en paraissent nouvelles. Elle n'a pas pleinement conscience de comment elle articule ses phrases, de comment la discussion progresse, et laisse toutes les questions en suspens. Elle lui parle encore un peu du projet qu'elle entend mener : faire émerger un pan de l'histoire de sa famille et d'autres familles. Documenter tout ce qu'elle pourra. Enregistrer ce témoignage et retenir cette dernière mémoire encore vivante.

J'aimerais composer comme une sorte de mosaïque des mémoires, résume-t-elle.

Il voit ça et ça lui plaît, dit-il.

Elle veut filmer sa grand-mère en train d'égrener ses souvenirs. Enregistrer sa part la plus ancienne. Elle avoue qu'elle ne sait pas comment s'y prendre. Qu'elle devra commencer par se poser tout un tas de questions. Qu'est-ce qui l'amène à raconter cette histoire aujourd'hui ? Qu'y aura-t-il d'elle-même dans ce film de non-fiction traversé par son propre passé familial. Pourquoi est-ce à elle de lever le voile ?

Il y a une part d'intuition, lui dit-elle, mais il y a surtout du travail. Une réflexion à mener. Ça fait longtemps que je ne m'y suis pas confrontée. Je suis devenue lâche. Puis elle ajoute : enfin, je crois. Je dois tracer quelques grandes lignes, mais je n'ai pas trop le temps, c'est pourquoi, si ça se trouve, je commencerai dès demain, puis j'ordonnerai tout au fur et à mesure.

Un débat intérieur s'impose alors. Qu'est-ce qui lui prend de parler ainsi. Et ce calme ? Est-ce qu'elle cherche à l'impressionner ? À faire comme si rien ne s'était passé à Madrid. Comme si elle n'avait rien abandonné. Comme si elle n'avait pas quitté son foyer, laissant une fille, et plus encore, une famille derrière elle. Comme si elle n'avait pas brûlé les ponts, les portes et le séjour avant de décider de les livrer à leur sort. Avant d'accepter que cette tristesse ne s'en irait pas sans qu'elle prenne le large. Sans avoir dit ça suffit. Sans avoir assumé un tournant radical. Comme si sa grand-mère n'était pas une excuse et en même temps une bonne et formidable raison. Comme si elle s'était fourvoyée en invitant qui ? Un homme du passé à la table du présent. Pour se sentir moins seule, pour se remémorer qu'autrefois elle avait été chérie et se dire que son corps avait été aimé par ces mains – qui ne l'aimaient plus.

Progressivement, tout ce qu'elle s'est refusée à formuler pendant la durée du trajet s'embrase de petits feux qu'il allume. Pendant qu'ils discutent, son image apparaît et disparaît pourtant comme un hologramme qui écluse maintenant un verre de bière. Elle n'arrête pas de penser à chez elle. Elle se trouve parfaitement ridicule de lui avoir demandé de venir la chercher. Et n'a plus tellement envie d'être là.

On bouge ? lance-t-elle.

Et c'est seulement là, comme si dire on s'en va suffisait à lever l'absurdité de leur rencontre, qu'elle parvient à rassembler ses esprits et à faire l'inventaire du passé. Il règle l'addition en lui tournant le dos, elle observe la nature de sa posture, les pieds solidement ancrés sur l'estrade, la courbure au creux des reins. Au sommet de ce presque un mètre quatre-vingt-dix, ses cheveux sont en pagaille comme s'il venait de les ébouriffer. Elle enfile sa veste et repense à cette fois, avant l'aube. Autour de cinq, six heures. Comment elle était parvenue à rejoindre l'aéroport si tôt en plein hiver, elle ne sait plus. Il était déjà installé à Vienne. Il lui avait dit, au bout du compte, de venir et elle s'était décidée à y aller. Puis au moment de monter dans l'avion, elle s'était ravisée. Et ne s'était pas envolée. Elle ne lui avait jamais raconté qu'elle avait pourtant passé le contrôle de police, peut-être même souri au douanier, qu'elle s'était même placée dans la queue pour monter dans l'avion. Qu'elle était parvenue jusqu'au seuil de la porte d'embarquement. Mais ne l'avait pas franchie. N'était pas allée plus loin. Qu'elle avait eu peur de tout briser. De briser leur amitié. De n'être plus jamais rien l'un pour l'autre. Elle conserve encore son billet dans une boîte en bois qu'elle n'ouvre pas parce que ces boîtes, on ne les ouvre que dans des circonstances exceptionnelles. Elle pourrait lui donner le titre du livre qu'elle lisait sur le trajet de l'aéroport. Comment elle se représentait son appartement sans l'avoir vu. Les vêtements qu'elle avait choisis pour l'occasion.

Elle pourrait également lui raconter que le soir elle s'était rendue au cinéma près du musée San Telmo.

Qu'elle y avait vu seule *The Hours*. Qu'après ça, elle avait plongé la tête la première dans une étreinte qui n'avait pas lieu d'être, que quelqu'un lui avait dit tu es jolie dans cette veste à rayures, dans ces bottes, avec ces cheveux, ce regard. Qu'après ça ils avaient longuement laissé tourner le chauffage dans la voiture et que personne n'avait plus jamais cherché à savoir pourquoi elle avait laissé partir l'avion sans elle. Elle-même ne connaît toujours pas la réponse exacte à cette question, mais elle n'en souffre pas. Cela fait longtemps, en vérité, que ce qui aurait pu ou non se faire avec Jon lui est égal.

La réalité, la mémoire et l'imagination sont désormais trois lignes confuses qui se fondent et se fuient. Toutes les situations remontent encore et encore, comme une bouée de sauvetage – la réécriture impossible.

La vraie vie, ce sont les dernières années : sa fille, Madrid. Elle pense à Iván et à elle. Puis elle se tourne vers cet autre homme. Pourquoi est-elle constamment en train de se fustiger d'être là justement, en sa compagnie ? Elle ne saurait dire si c'est toujours le même ou si c'en est un autre qui n'existe pas en réalité, cet homme qui à chaque fois l'étreint plus longuement qu'il ne devrait, un peu plus fort que ce que l'on accepte d'un ami, à la limite de la gêne, cet homme qui ne la serre jamais plus bas que la colonne vertébrale.

Toi et moi, on est amis ?

Amis.

Combien de vies tiennent dans ce qui n'aura plus lieu. Combien de vies ont-ils vécues depuis leurs quinze ans. Depuis la chaleur moite de la plage et les premières hormones, dopant la frénésie et le ridicule.

En quittant le bar, ni l'un ni l'autre ne sait à quel moment ils ont traversé la moitié de la ville. Elle sent l'adrénaline qui chute et lui fait baisser la garde. L'engourdissement du réflexe de survie. La fin de l'état d'urgence. Ses pupilles ramenées à leur taille nocturne normale. Puis la déception. Après qu'il lui a dit :

Dépêchons-nous. Comme ça je serai rentré pour dîner.

Ensuite, il ne reste plus qu'à parler que de choses sans gravité. Il fixe ses mains autour des bretelles de son sac à dos. Elle les fixe à son tour. Je me ronge les ongles, tu ne savais pas ? Ils ne nomment plus ceux qui attendent. Qui n'ont pas droit de cité sur leurs lèvres, bien qu'ils flottent dans l'air ; ils sont le public fantôme qui assiste à la rencontre. Il lui paraît plus mince que dans son souvenir. Plus grand que dans son souvenir. Plus beau. Plus sagace. Il sourit mieux.

Plus vieux, aussi.

Il lui raconte les dernières rides qui strient ses yeux sombres, creusées par les journées à la montagne, tous ces voyages en altitude, au cœur des ruines délaissées de civilisations anciennes, là où le soleil cogne avec une ardeur redoublée. Elle ne distingue pas son iris de sa prunelle. Le pull rouge qui lui colle aux bras et à la respiration.

Tes cheveux sont bien, comme ça.

Je les ai coupés moi-même.

En filigrane de cette fiction au ralenti, tout ce qui compte désormais, c'est de s'en tirer sans rien dire de compromettant. Sauve qui peut. Lorsque Jon tourne la clé de contact, la radio s'allume. Une chanson s'en échappe : *siempre quiero, lobo hambriento*, j'en redemande, en loup affamé que je suis, elle rit et attrape la poignée du plafond, enfouit son visage au creux de son bras.

Lui s'excuse : À vrai dire, c'est elle qui écoute ça.

Laisse tomber. Qu'est-ce que ça peut nous faire. Ici ce sera très bien, lui dit-elle lorsqu'ils arrivent aux abords de son quartier.

Tu n'y penses pas. Je te dépose devant chez toi et on se revoit un de ces jours.

Sur le coup de vingt-deux heures, ils se sont dit au revoir sans qu'il coupe le moteur. Voudrait-il se sauver ? Elle l'appelle lorsqu'il s'éloigne, l'apostrophe. Elle réalise alors que, pile à ce moment-là, son téléphone se met à vibrer dans sa poche. Tandis qu'il baisse la vitre elle lui dit simplement, Jon, pas besoin de tracer, tu y seras largement à l'heure du dîner. Puis, sans croiser à nouveau son regard – aucune nuit ne supporterait une nouvelle interruption – elle décroche :

Je t'ai pourtant demandé de ne pas m'appeler. Qu'y a-t-il de si urgent ? Ça ne fait même pas un jour. Puis elle raccroche.

Avant de sonner au portail, elle observe le lieu précis où Matías est mort, l'endroit même où un autre enfant lui a ôté la vie d'une simple poussée. Elle se dit que la ria, assainie depuis, est une légende familiale. Elle inspire un grand coup qui descend jusqu'au ventre, ressent une envie pressante d'aller aux toilettes et appuie sur le bouton, déclenchant la sonnerie qu'elle connaît si bien. Elle s'attarde sur l'inclinaison de la maison au-dessus du marais. Le village tout entier constamment sur le point de s'effondrer. Les vieilles maisons prenant appui sur les maisons neuves. Le passé qui pousse sur le présent.

On lui ouvre, sans lui demander qui c'est. Juste avant de s'engager, elle distingue une ombre qui éteint furtivement une lumière au bout du couloir. Une autre reste allumée, celle de sa chambre d'enfant. Sur le bureau elle trouve un sandwich à la tortilla et un verre d'eau. Une orange et un couteau.

Il est vingt-trois heures trente.

En baissant le store c'est l'odeur de la maison qui pénètre subitement dans son souvenir.

3

UNE ORANGE ET UN COUTEAU

(Adriana)

Notre hérédité est magnétique. C'est un fait. Cependant nous avons trop tardé à nous demander ce que cela suppose. La femme qui est entrée dans cette maison la nuit dernière est ma fille, mais je n'ai pas eu le cœur de l'étreindre. De serrer ses avant-bras et d'appréhender l'espace qu'occupent cette chair et ces os.

Est-ce que ce bras tiendrait tout entier dans ma main ?

Un geste d'approche : je voudrais poser une paume sur son front et l'autre sur le mien. Prendre sa température. Cette disposition soudaine de la peau qui nous dit si tout va bien ou non. Prendre son pouls. Une mère constatant que dans ce corps de quarante ans déjà, la vie… Que cette fille existe encore, bien qu'à distance. Une fille revenue à la maison amniotique.

C'est un rapport étrange qui lie les femmes d'une même famille qui ont eu des enfants. La cellule qui a donné naissance à ma fille est apparue en même temps que moi dans l'utérus de ma mère. Ma fille, dans son sens le plus primitif, dans son plus complet non-sens, dans cette façon d'être inexplicable de ce qui n'existe qu'en puissance, en quelque sorte, se trouvait déjà dans ma mère, avec moi.

Et nous voilà toutes les trois réunies, à la maison. Ce n'est pas le meilleur moment de nos vies.

Hier soir, je n'ai pas eu le temps de voir si ses cheveux sont toujours aussi épais, si l'éclat de son visage s'est terni, si son bassin s'est élargi ou si sa fière poitrine a tenu. Je ne connais plus son odeur. Retour de l'animal dans la grotte au terme de l'été le plus long. Elle est venue se mettre à l'abri. De certaines choses, à l'évidence. Elle se met à couvert, et ce faisant, elle s'expose à moi. J'imagine que ce doit être ingérable. Ma mère m'a annoncé : Elle va venir et souhaite m'enregistrer, dit-elle.

Et c'est tout ? Elle va se pointer, appuyer sur un bouton et braquer sa caméra sur toi, oubliant au passage que ça fait cinq ans qu'elle ne vient plus ? Qu'elle a une fille que nous ne connaissons pas. Que nous ne pouvons voir parce qu'elle en a décidé ainsi. Par négligence. Par ressentiment. À quoi ça rime, que cherche-t-elle à prouver.

En effet, j'ai haussé la voix.

Une petite que l'on découvre sur les photos qu'elle daigne envoyer lorsque, tous les trente-six du mois, elle se souvient qu'on existe. C'est ce que j'ai dit à ma mère. Et ma mère a pris sa défense.

C'est déjà ça, a-t-elle rétorqué. Si tu ne veux pas la voir, tu n'as qu'à partir quelques jours.

Je ne vais certainement pas m'en aller et te laisser seule avec elle. Tu n'es pas en état d'être confiée à la garde de n'importe qui.

Je l'ai serrée dans mes bras. Et ma mère ne m'a pas rendu mon étreinte. Ses mains sont restées posées l'une sur l'autre.

Bien sûr que je voulais la voir. Car je sais, par ailleurs, qu'elle traîne un fardeau. Qu'elle n'est pas venue juste pour écouter des histoires d'après-guerre ou que sais-je encore, parce que je n'en sais rien en fait, je ne sais jamais rien. Mais elle ne peut ignorer ce feu impossible, ce feu biologique qui n'en finit jamais de s'éteindre.

C'est ma fille et je vois bien qu'elle vit une épreuve, et voilà qu'elle a passé la nuit dans la pièce à côté, dans celle qui fut sa chambre une grande partie de sa vie. Dans la maison de sa mamie, qui est ma mère. Elle dirait volontiers que c'est sa mère aussi. Et moi, je souffrirais de le lui entendre dire.

Il y a là ses manuels d'étudiante. Théorie de l'image. Structures de la communication. Histoire du cinéma. Il m'est arrivé, ces dernières années, de les ouvrir à la recherche d'une trace, d'un indice. D'une accusation. Un « je hais ma mère » griffonné avec une fureur juvénile. Mon nom raturé. Mais je n'y ai trouvé que des surlignages fluorescents. Des idées éparpillées résumant une page de texte. Des gribouillis fractals, œuvre inconsciente d'un esprit distrait. Un ticket de bus reliant deux zones périphériques. Une pub pour un festival de rock. Les paroles d'une chanson punk lues cent fois : « La chute est lente mais certaine, elle entraîne le doute des amitiés sincères. » Un numéro de téléphone noté au crayon au dos de la couverture. Si ça se trouve, le propriétaire en savait plus sur elle que moi. Il se peut aussi qu'il n'y ait jamais eu d'appel téléphonique.

Parfois aussi, ce sont mes propres livres que je feuillette, avant de me rendre à l'école. Au petit matin après une nuit d'insomnie, déambulant devant la bibliothèque du couloir, un café à la main et les pieds nus sur le terrazzo gris. L'aube inspire ce je-ne-sais-quoi de terrifiant et de vital à nous qui l'observons depuis la solitude. Les ombres que l'on ne perçoit pas sur les murs, avant que le jour ne les éclaire et ne plonge le monde dans une lumière plus ordinaire. J'attrape les classiques : *Critique de la raison pure*. On se retrouve plus facilement dans ses propres soulignages. *La Condition humaine*. Pourtant, les idées changent et je ne m'y reconnais pas davantage. Le sens du primordial tourne. Tu regrettes la clarté avec laquelle cette pointe de crayon a décidé de faire émerger une phrase pour qu'elle parle à quelqu'un dans le futur. Mais cette lucidité s'évapore. Ce don de définir des priorités. Parfois, je me saisis de *Sur la violence*, un cadeau qui remonte à quelques années, dans le seul but de revoir la dédicace de Noël. *2005 eko Gabonak. Adirane.*

Parfois, au lycée, je me reconnais dans certaines filles à qui je fais cours. Pas celles qui lèvent la main au premier rang, qui tiennent leur classeur à jour, l'ouvrent sur leurs genoux et retrouvent immanquablement leurs devoirs faits. Je suis de celles qui s'assoient contre le mur, sous des manteaux qui envahissent une partie de leurs bureaux, celles qui se taisent. Qui disparaissent à moitié derrière une frange. Je la reconnais aussi dans certaines de mes élèves. Dans l'aventure consistant à s'envoyer des petits papiers avec un mot qui ne peut attendre l'intercours. Dans le regard de défi des rebelles. Cette façon de tenir sa tête loin des épaules, dressée et distante. Les jambes allongées sous le pupitre, étalant leurs extrémités nonchalantes. La joie dans la rédaction, la liberté à l'usage des erreurs et des échecs.

Des années que je ne vois plus ma fille. Cinq ans que je songe également à une petite-fille qui existe, mais sans moi, comme une présence spectrale que j'imagine en toutes circonstances. Et il faudrait que j'évite de me fâcher ? J'imagine les jouets d'une Ruth que je ne connais pas éparpillés dans le salon de la maison. Des vêtements de rechange dans un tiroir attendant la visiteuse de l'après-midi qui ne vient jamais me voir et ne renverse jamais accidentellement son jus de fruit sur ses genoux. Et à dix-sept heures, de l'autre côté d'un portail en fer, une dispute entre écoliers qui m'est indifférente. Un coin déserté de ses dessins punaisés au mur : hachures abstraites et taches dans un premier temps, la pagaille. Puis, la famille qui prend forme petit à petit : cinq doigts pour les mains et pour les pieds. Un corps. Un sourire. Les cheveux comme des bâtons raides qui se dressent sur les têtes.

Cinq ans sans voir une fille qui, pourtant, n'habite pas si loin. Et maintenant, il est dix heures et je ne l'ai toujours pas aperçue. Elle ne s'est pas faufilée dans mon lit au réveil. N'est pas venue me chercher pour le café. Je lui ai ouvert la porte, donné accès à notre maison et laissé une assiette dans sa chambre au cas où elle aurait faim. Un sandwich, maman, me disait-elle naguère, ce que j'aimerais, pour une fois, c'est que tu me prépares un sandwich avec du vrai pain, et pas ces tranches trouées débarrassées de leurs moisissures autour d'une vieille boîte de thon. Comme la mère de Diana. Comme la mère d'Ane. Après quoi elle fondait en larmes. Pleine de remords ou de rage ou de douleur véritable. Son enfance tout entière réclamant une présence. Sollicitant l'abnégation d'une mère. Demandant attention, matrice, foyer. Et toute son adolescence passée à lui jeter à la figure cela précisément : son attention, n'être nulle part ailleurs que dans cet espace étroit dans lequel, si l'on protège trop, on oppresse, et si l'on se fait discrète, on abandonne.

Adirane.

Adriana.

Mon nom dans le sien. Elle est cette femme arrivée la veille et qui reste ma fille, et entre l'une et l'autre subsiste peut-être encore l'adolescente aux mille reproches sans doute en partie fondés.

Et voilà qu'elle l'a enfin eu, posé sur la table, son sandwich à la tortilla de pommes de terre, préparé par sa mère, avec du pain de la dernière fournée, comme elle l'aurait aimé, comme elle l'exigeait, la carafe d'eau et une orange éblouissante dans une assiette et un couteau dans une serviette. Comme elle l'aurait souhaité à l'époque. Ce n'est pas purement symbolique. Je le promets. Désormais mon amour prendra la forme d'un repas traditionnel. D'une serviette pliée en triangle pochette.

Je l'ai compris.

Bien sûr qu'elle n'y a pas touché. Lorsque je passe devant sa chambre, sa porte est déjà ouverte, le repas n'a pas bougé. À côté, son téléphone se met à vibrer, détournant mon regard de cette nature morte matinale. Ce tableau, c'est la preuve que j'arrive toujours trop tard. Le résumé parfait de toutes mes turpitudes. Néanmoins, c'est ainsi que j'espérais le retrouver, intact, dédaigné. Toute chose que je sais traduire : elle n'a pas changé tant que ça. Elle n'est pas totalement anéantie si elle me refuse toujours de l'alimenter.

Son sac à dos est jeté par terre et ses vêtements s'étalent sur la moquette. La même trousse de toilette Mickey à fermetures Éclair rouges qu'elle avait lors de son voyage de fin d'année à Paris. Comment se fait-il qu'elle l'ait toujours ? Ma mère lui avait offert le voyage : Laisse donc partir la petite. Mais moi je redoutais qu'il lui arrive quelque chose, avec toutes ces heures de route.

Tout est froissé. Elle a rapporté un tas d'affaires. Elle n'a plus rien à se mettre ici ; il ne reste dans l'armoire que quelques chaussettes dépareillées, une ou deux culottes défraîchies, un cartable et une petite pile de T-shirts publicitaires. Rien d'autre. Je l'entends qui rit dans le salon en compagnie de ma mère. Une odeur de mie de pain et de savon parvient jusqu'à moi. L'a-t-elle aidée à se laver, à ôter ses vêtements du soir, à se redresser pour la première fois de la journée ? A-t-elle déplacé la machine à oxygène ? Ma mère lui parle de la guerre. Des sept pêcheurs morts en 1931.

Combien de fois me suis-je demandé si ces tensions n'étaient pas en lien avec la terre, avec l'eau, avec le vent qui s'insinue partout. Pluie grise mouillant de gris les immeubles gris, jour après jour. Ciment continuellement détrempé. Sol luisant. Il émane quelque chose de ce territoire, de cet estuaire encaissé, de cette langue de mer qui y pénètre. Toute férocité possède une origine.

Devant ces collines verdoyantes qui se jettent dans l'embouchure, on ne peut s'empêcher d'être frappé par le paysage. Mais est-ce le cours d'eau ou l'envie de fuir au plus vite de ce trou de carte postale.

Je progresse dans le couloir et je prends appui sur la porte du salon. Ma mère est parfaitement éveillée, ses cheveux blancs peignés en arrière. Ses yeux bleus qui ne voient plus. Ces mêmes yeux dont nous avons hérité l'une et l'autre.

Le corps de ma fille illumine la pièce autrement. Ses cheveux lui tombent sur les épaules, comme avant, mais coupés très court sur la nuque. Son corps est moins contraint. Davantage voûté qu'à l'époque, quand elle était cet animal plein de rage au fond de la maison, à présent dépouillé de sa suffisance. Nulle arrogance. Elle ne se retourne pas, bien qu'elle m'ait entendue, bien qu'elle ait perçu ma présence sur le pas de la porte. J'inspire très profondément. Je sens un tremblement à la mâchoire, un claquement de dents face à ma propre fille.

Bonjour, Adi.

Je prononce ces mots dans un filet de voix, cherchant seulement à rendre tangible ma présence dans la maison. Puis je m'éloigne, comme une chienne dépitée que personne ne lui ait mis de côté ne serait-ce que quelques restes après avoir débarrassé. En moi-même, je hurle. Bonjour, Adriana, me répond-elle. Ma fille.

Des années que je ne vois pas ma fille qui désormais est aussi une mère.

Quand ta fille t'appelle par ton prénom…

Je voudrais lui dire : regarde, je suis une femme âgée.

Prends soin de moi.

4

LE NAVIRE NUMÉRO 3

(Ruth)

D'accord. Je vais te raconter mon histoire.

Cette femme que tu vois, c'était ma mère, Luz. Et lui, son seul garçon, Matías. Qui était aussi le plus jeune de ses enfants. On est tous là. C'est l'une des rares photos où l'on nous voit au complet : ma sœur Amelia, moi, puis Matías, deux ans d'écart entre chaque. Voire moins entre Matías et moi. Juste ce qu'il fallait. Tous les trois réunis, comme trois éberlués sur le quai. On m'a appelée Ruth, la sainte de ma date de naissance. Mais il y a aussi l'histoire de cette femme qui s'est rendue à Bethléem fuyant la famine. Un peu comme moi. Et quel était son nom ? Ruth, bien entendu. Comme moi. Mais ça, ma mère ne pouvait pas le savoir. Parce qu'à la maison on ne croyait en rien. Ma mère, parce qu'elle n'avait pas le temps. Et nous autres, parce que mon père était athée. Bordel de Dieu à tout bout de champ. Chut, lui rétorquait alors ma mère.

Plus tard, on allait tous nous obliger à être croyants.

Ma mère nous a raconté une fois seulement ce qui est arrivé à Matías, à notre retour, mais son deuil, elle le porterait jusqu'à son dernier souffle. Et l'histoire que nous a racontée ma mère, on la retrouvait à l'identique dans toutes les bouches. Toujours la même. On ne leur apprenait pas à nager. Elle débutait et s'achevait de la même manière, avec une précision qui s'affinait à chaque redite. On la raconta tant de fois qu'il n'en est resté que le squelette décharné. Dès que nous cherchions à en savoir davantage, comme par exemple, qui était l'autre enfant, qu'était-il devenu, qui s'était rendu à l'enterrement, les femmes se taisaient avant de revenir au récit canonique, nous laissant sans réponse.

Elle paniquait à l'idée de perdre la mémoire et que nous la perdions également. Aussi s'employait-elle à nous faire parler de lui en permanence. Nous avions à toute heure notre petit frère décédé sur les lèvres, et pourtant il existait un silence très noir chez ma mère entourant la mort de Matías.

C'était le frère mort le plus vivant au monde.

Nous séjournions dans un deuil interminable. Elle culpabilisait, ça oui. À dire vrai, je ne me souviens que de l'histoire qu'on nous a racontée et de l'enfant sur la photo. J'ai très peu de souvenirs de mon frère. Du temps précédant notre départ. La mémoire est ainsi faite. En cherchant à braquer à dessein la lumière sur un souvenir, c'est un autre qui s'éteint. Mais Matías est toujours resté parmi nous, je le sens à mes côtés : comme un vide, comme une découpe. Comment dit-on lorsqu'on t'ampute d'une main et que tu continues de la sentir ? Ça ne me revient pas.

Quant à elle, ma mère, elle s'est toujours dit qu'elle aurait pu éviter ça, mais qu'elle avait refusé de se séparer de lui. Elle s'était arrangée pour nous faire partir, mais pas lui. Nous aurions pu le prendre avec nous, pourtant. Penses-y maintenant que tu es mère. Et ne fais pas cette tête. Regarde les choses comme elles sont. C'est qui tu es maintenant. Imagine. Qui pouvait imaginer que l'enfant se noierait alors que c'est le ciel tout entier qui charriait la mort. Nous croyions que le danger venait d'en haut, or le danger était sur terre. Et dans l'eau. Un enfant qui se noie juste au moment où la guerre prend fin. Après toute une année passée loin de la maison, souffrant d'une faim de loup, sans trop savoir où étaient ses filles. S'imaginant qu'elles s'étaient égarées par-delà les marges de la carte de l'Europe. À quelle distance se trouvait Moscou à l'époque ? Ou l'Angleterre. Et qu'est-ce que cela pouvait bien faire. Dès lors que tout se trouvait en dehors. Tout à fait en dehors. Car quelle géographie pouvait bien connaître ma mère. Aucune.

Parce que la survie n'était pas une mince affaire, parce que la situation était devenue d'un coup si moche, on n'accordait pas la même importance qu'aujourd'hui à la perte d'un enfant. Mais la douleur n'en était pas moins aiguë pour autant. Comprends-moi bien. La douleur n'en était pas moins aiguë. Mais on faisait avec. On ravalait ses larmes et on allait de l'avant. C'est-à-dire, au travail. Mais il n'a pas fallu la guerre pour perdre mon frère. Des petits mouraient parfois lors d'accidents, en jouant, en naissant bien souvent. Ou alors, en grandissant. Ils attrapaient la diphtérie, des pneumonies, la rougeole, ils étaient pris de convulsions et avalaient leur propre langue. Ma mère rentrait à la maison et disait : María en a perdu un deuxième. Il arrivait qu'on ne soigne pas les otites et qu'elles percent à travers l'os jusqu'au cerveau, laissant les gosses à jamais déglingués. Des enfants de quatre ans enfermés dans des corps d'hommes qui déambulaient sur les docks, le cou de travers et la langue gourde.

La noirceur imprégnait chaque foyer. Des enfants morts dans pratiquement toutes les familles. N'as-tu jamais remarqué ces pierres tombales dans le cimetière avec des barreaux autour ? Ce sont de petits berceaux pour les enfants défunts.

D'accord. J'arrête.

Mais c'était ainsi.

Et cela a habillé ma mère de noir jusqu'à son dernier jour. La changeant en vieille dame à trente ans. Le fait est que plus personne ne pouvait contempler cette rive sans évoquer Matías. Ni nous ni personne. Tu le sais bien, car lorsque tu passes devant, l'image te vient d'un enfant attrapé dans la vase. Les souvenirs des familles, on les partage quand bien même on ne les a pas vécus, il suffit de les raconter. Et de les écouter, bien entendu. Il se trouve pour toujours une épitaphe invisible sous la moisissure et la mousse, et tout ce qui vit sur la pierre, qui dit : Ici un jeune enfant est mort noyé en 1940. Qui se trouvait être l'enfant de ma mère. Qui se trouvait être mon frère.

Jusqu'à la fin de sa vie, ma mère fit tout ce qu'elle pouvait, prit tous les détours nécessaires pour atteindre les usines sans avoir à longer cette rive, à traverser à cet endroit. Comme si du fond de son être quelque chose se soulevait dès qu'elle s'approchait de la ria. Je n'ai pas connu pareille tristesse. Parce qu'un fils n'est pas un frère. Ce n'est pas équivalent. J'ai traversé le canal tous les jours pendant de nombreuses années pour emmener ta mère à l'école et la ria est redevenue ce qu'elle est : un cours d'eau artificiel qui ramène l'eau de la baie jusqu'ici. On y déversait les résidus en provenance de l'usine de peintures teintant l'eau de couleurs différentes chaque jour. Le matin je demandais à ta mère : Adriana, de quelle couleur est le canal aujourd'hui ? Jaune citron. Rouge. Noir.

Noir bien souvent.

Presque tout le temps.

La peur s'immisçait par la frontière. C'est par là qu'ils entreront, soutenaient les hommes. Et nous étions en première ligne.

Imagine.

Les hommes se disputaient constamment avec le patronat. Quand ce n'étaient pas les dockers, c'étaient les métallos, les pêcheurs, les fourniers, ou alors, c'étaient les ouvriers des chantiers navals. Ou ceux de l'imprimerie. J'ignore ce qui se tramait ici. Mon père, ton arrière-grand-père, était fourré dans tout ça. Il me semble que c'est en 1931 qu'on a tué sept de ses compagnons syndiqués. Ils réclamaient un jour de repos pour chaque dimanche passé en mer, une hausse des salaires et une diminution du temps de la journée de travail. Ces hommes trimaient comme des bêtes sur les bateaux. Il leur arrivait de ne pas dormir pendant plusieurs jours lorsqu'ils vidaient les poissons sur le pont avant de les stocker dans du sel.

Mon père partait toute la semaine et ne rentrait le dimanche que quelques heures avant de repartir. À la fin du mois, il s'arrêtait le temps d'un week-end. Il a fallu attendre longtemps pour que cela change. Mais la situation de ceux qui partaient pendant des mois jusqu'à Terre-Neuve ou au Groenland était pire encore.

Car, détrompe-toi, la République n'avait pas éradiqué la faim. Pas du tout. On avait de la morue séchée autant qu'on voulait, des daurades, mais pas un seul morceau de pain ni de viande de porc. Alors que ma mère, qui venait de l'arrière-pays, croyait dur comme fer qu'il n'y avait que la viande pour nous aider à grandir. Elle avait horreur du poisson.

Comme mon père était en partie rémunéré en poissons de grande taille et qu'on n'avait pas de garde-manger, ma mère nous chargeait de paniers et nous nous en allions rejoindre le marché de la ville. Elle les y échangeait contre des merlans ou des longanisses fraîches ou du foie et un peu de hampe de veau à fricasser. Je me souviens que nous empruntions le sentier le long du tramway. Elle s'y rendait toujours en grommelant, à vive allure, pâle et tendue comme un fantôme, pleine de colère. Quel genre de colère ? Je n'en sais rien. À vrai dire, ma mère était souvent fâchée. Mais au retour, chantez donc, les enfants, vous êtes bien silencieux, que voulez-vous manger aujourd'hui ?

Je me rappelle cette faim-là, parce que je me rappelle aussi la faim qui nous a assaillis par la suite, mais là c'était autre chose.

Puisque les hommes étaient en grève, on a fait venir des marins de Galice pour sortir en mer et continué de pêcher malgré la fronde. Alors, les grévistes se sont mis à brûler des choses. Derrière la petite fenêtre, ma mère pleurait, elle guettait le retour de mon père en contemplant les feux qui embrasaient la baie parce qu'elle l'avait vu charger des affaires qui ne servaient plus à rien au milieu de la nuit et devaient brûler dans l'un ou l'autre de ces feux de joie.

Un matin, ton arrière-grand-père n'est pas rentré. Il était parti en ville en même temps que deux mille hommes. Ils brandissaient une pancarte : « Du pain pour nos enfants ». Ils ont été arrêtés à el Alto. Ma mère nous a rapporté ce que notre père lui a raconté ensuite. Que la Guardia Civil à cheval avait ouvert le feu sur les hommes.

Sept pêcheurs ont péri.

Ils ont décrété la loi martiale dans l'ensemble de la province.

C'était la guerre avant la guerre.

On nous surnommait « les soviets rouges ». Un soviet, tu sais ? mais chez nous.

De tout cela ont découlé des années plus difficiles encore, avec de la violence et des gens armés et même le maire s'est retrouvé aux arrêts un jour. Ton arrière-grand-père s'esclaffait en parcourant le journal. Un chroniqueur suppliait qu'on fasse venir des missionnaires pour évangéliser la ria. La bonne blague. Des missionnaires. Qu'ils viennent plutôt nourrir ces trois bouches, criait-il, en nous pointant du doigt avec rage, l'un après l'autre ; qu'ils viennent apporter de quoi manger dans chacune des maisons, les missionnaires.

Je ne l'oublierai jamais.

Ma mère lui disait qu'il allait la tuer de chagrin. Mais c'est lui qui s'est fait tuer, du moins le croyions-nous, et Matías est mort aussi, mais elle, elle ne mourait jamais.

C'est pour vous que je suis restée en vie, disait-elle.

Toi tu l'as connue, mais tu ne t'en souviens pas. Elle

était très dure. Elle traînait une peine âcre et sombre. Elle était de ces gens à qui il n'arrive jamais rien puis à qui tout arrive d'un coup, les brisant au-dedans. Irrémédiablement. Ma mère était venue du Sud pour travailler dans les cuisines. Elle s'ennuyait dans son village et avait dit un jour : Je veux entreprendre un long voyage. Parcourir le monde. Tu parles d'un long voyage qui l'a menée jusqu'ici, dans cet autre village, à deux cents kilomètres de chez elle. Quoique pour une femme, et une femme seule, c'était à l'époque un long voyage en vérité. Elle est entrée dans la cuisine d'un restaurant. Lors des fêtes du village, sous l'allée de platanes de l'Alameda, elle n'a pas voulu danser avec lui un soir, non, non et non, mais il a tant et si bien insisté qu'il a fini par rafler toute son attention. Alors, elle l'a toisé avant d'accepter. Ils se sont mariés et ont fait des enfants coup sur coup.

Bim. Bim. Bim.

Les trois bouches.

Mon père a continué d'exercer comme marin, jusqu'à ce que. Voilà.

C'est pourquoi je ne garde pas un souvenir très précis de lui. Il n'était jamais là. Marin depuis l'âge de dix ans. Lui non plus n'était pas d'ici, il était arrivé très jeune pour s'employer sur le bateau d'un parent. Après sa disparition, ma mère a mis fin à sa relation avec la famille de son mari. Son vœu était de nous mettre à l'abri et, comme cela impliquait d'effacer toute attache avec mon père et ses idées et ses poings levés, elle l'a fait. J'imagine que par la suite elle a dû le regretter à un moment ou un autre. Eux ont connu meilleur destin que leur fils marin.

Lorsque mon père rentrait du large, il attrapait ma mère par la taille et l'emmenait dans la chambre. Ma sœur nous intimait d'aller frapper à leur porte toutes les cinq minutes pour les embêter. Mais personne n'ouvrait et ces soirs-là c'est elle qui s'occupait de tout. À ton avis, bécasse, me disait-elle, parce qu'il y a déjà bien assez de bouches à nourrir dans cette maison. Je ne comprenais pas. Pas encore. Je me souviens du bruit que faisaient leurs corps derrière la porte. Le silence qui s'ensuivait. Puis, mon père sortait et rejoignait le syndicat jusqu'à l'heure du dîner. Il s'adressait à nous avec parcimonie, fumait deux cigarettes, je le revois en train d'allumer la deuxième avec le mégot de la première, toussait, puis rien, une main sur la table en bois, le coude sur le dossier de sa chaise, les jambes détendues et la chemise sale et déboutonnée, alors il partait se coucher. Le lendemain matin, cet homme n'était plus là.

Nous vivions seuls dans la maison parce qu'il gagnait plutôt bien sa vie en mer. Mais d'autres accueillaient plusieurs familles où on élevait ensemble les enfants. Le village était alors plus ou moins celui que tu as connu, mais plus pauvre. D'une laideur absolue, sauf là-bas, dans le quartier est. Pourtant, de l'argent, il y en avait. Celui que générait le trafic des produits rapportés dans les cales des bateaux. Dis-toi qu'à peu près tout entrait et sortait de ce lieu : la pulpe de bois pour la fabrication du papier pour tout le pays, le ciment, ainsi que des millions de tonnes de poisson. C'est l'époque où l'on a construit la douane, les immeubles du port et les entrepôts du quai de l'Horloge. Enfants, nous pêchions des palourdes blanches, des couteaux et des crevettes ici même, là où se dressent désormais ces maisons.

Mais, on avait beau dire, par la frontière, outre la peur, rien ni personne n'est entré. En réalité, ils venaient du Sud et de la mer et tout à coup ils se sont mis à déferler de partout. Nous étions, tous autant que nous sommes, un seul et même ennemi. Y compris les vieux, les femmes et les enfants. Un navire de guerre s'est alors installé à l'entrée de la baie. On l'a surnommé « El Chulo del Cantábrico ». « Le sans-gêne ». Nous distinguions sa silhouette qui approchait le long de la côte et qui se mettait à canonner. Sans interruption. Parfois quelqu'un donnait l'alerte. Il arrivait de l'ouest contre les ports et les villages avec ses pièces d'artillerie. Il tirait quelque chose comme cent coups de canon à chaque apparition. Ce bateau avait été envoyé pour semer la panique. C'était un ordre. Qu'il a exécuté. Évidemment que nous étions terrorisés. Dès que le navire se trouvait à proximité, les pêcheurs faisaient demi-tour et les gens se glissaient sous le pont de la voie ferrée ou s'entassaient dans les chantiers navals parce que leurs murs étaient en métal et qu'on s'y trouvait loin de l'embouchure. Les sirènes retentissaient à toute heure du jour et de la nuit et hurlaient sans discontinuer. Il fallait alors ficher le camp. Durant l'été 1936, il nous a canardés sans relâche.

L'un des projectiles est venu s'écraser sur la maternité de la ville. Dès que les bombes se sont tues, des femmes dévêtues ont surgi du sous-sol, marchant pieds nus sur les ruines, leurs bébés suspendus à leurs seins allaitants.

Ce fut l'été le plus long de toutes ces existences. Mais nous ne nous en doutions pas. Les enfants ne savent pas mesurer le temps ni les dangers. Cet été fut seulement interminable comme nous semblaient l'être alors tous les étés.

Mon père s'exclamait, nous sommes en train de perdre la guerre, nous sommes en train de perdre la guerre, chaque fois qu'il rentrait à la maison, parce que les villes tombaient partout dans le pays, et ma mère s'est mise à coudre un sac en toile de jute pour chacune d'entre nous, pour que les petites puissent prendre des affaires. Enfin, au cas où, disait-elle. En murmurant par-deçà le bruit des bombes. Toutes les femmes en ont cousu. Maman a joint un cordon de couleur différente à chaque sac. Le mien était vert, celui d'Amelia, rouge. Il n'y a pas eu de sac pour Matías.

C'est à ce moment-là que mon père a disparu. Cet été-là, quelques jours après le soulèvement, le seul bâtiment de guerre de toute la province se trouvait ici. C'était le cuirassé numéro 3. Je ne suis pas près de l'oublier. La nuit du 22 juillet, une poignée d'hommes, dont ton arrière-grand-père, tous affiliés à la CNT, ont embarqué sur le *Lina*, le chalutier à bord duquel ils pêchaient le long des côtes françaises. Ils étaient censés aller au port faire le plein de carburant, mais au moment de passer devant le quai de Buenavista, ils se sont faufilés dans le cuirassé. Les soldats le leur avaient permis. Sans doute des gamins comme lui. Ils ont alors longé la côte jusqu'à la ville, puis se sont immobilisés au milieu de la baie, à côté de l'île. Ils ont ouvert le feu contre le club nautique et le casino, où avaient pris place les insurgés. Puis ils se sont engagés dans l'estuaire et y sont restés deux jours complets.

Depuis leur position, dans l'embouchure, ils ont tiré sur l'hôtel, sans l'atteindre, car ces gens-là, que savaient-ils de l'artillerie ? Mais au bout du compte, ceux qui occupaient l'hôtel se sont saisis des draps, les ont brandis par la fenêtre comme des drapeaux blancs et se sont rendus. Tout ça, comme tant d'autres choses, n'a servi à rien. Les franquistes ont été aussitôt capturés. Un fiasco total. On raconte que sur le pont se trouvait abandonné un camion militaire comptant plusieurs soldats morts sous le soleil, pris au piège de ces feux croisés. C'était en plein mois de juillet 1936. N'empêche, les gens de la ville se sont sentis moins seuls. Ça avait au moins servi à ça. Ce qui n'est pas rien.

Dans notre village tout s'est déroulé très vite. Les coups de feu se sont mis à siffler un matin au-dessus de l'eau. Depuis les fortifications dans les hauteurs vers l'embouchure, de l'embouchure vers les fortifications. Je n'explique pas comment ils parvenaient à couvrir une telle distance. J'ignorais comment se faisait une guerre. Mais les balles et les bombes filaient de bas en haut et d'un côté à l'autre. On l'a parfaitement compris en ce mois d'août. As-tu déjà entendu le bruit qui succède à une détonation ? Je ne crois pas. C'est un sifflement pressant. Ça paraît fou que ce bruit puisse précéder la mort.

Tous les jours davantage de tirs et d'explosions. Et puisque personne ne pouvait voir ceux d'en face, il leur fallait lancer les bombes en cloche après avoir procédé à tout un tas de calculs. Et comme ils manquaient souvent leur cible, celles-ci nous tombaient dessus et soufflaient les vitres des immeubles ; il y avait en permanence des décombres dans l'eau, comme une pluie de pierres. Même les balles pénétraient à l'intérieur des maisons. Les obus détruisaient les conduits de cheminée des habitations, les débris retombant plusieurs rues plus loin.

Une famille prenait son repas lorsque, entré soudain par la fenêtre, quelque chose se logeait dans le cœur de la mère. La mère figée avec sa louche au-dessus de la marmite, la bouche ouverte. Morte sur pied.

Les cris arrivaient ensuite.

Au début, on jouait à dénicher les cartouches aux abords du canal ou sur les tas de rouille. La montagne s'est couverte de munitions non explosées. C'était à qui en trouverait le plus. Une sinistre compétition. Les enfants comprennent parfaitement la mort, aussi bien que les vieux de ma génération. C'étaient les gens d'âge moyen, comme toi, qui avaient un réel souci avec la mort, ils n'étaient pas prêts à perdre ce qu'ils venaient seulement d'obtenir.

Puis il y a eu de plus en plus d'accidents. Un enfant est mort en attrapant une grenade. Elle lui a explosé dans la main. Les femmes ont même renoncé à aller s'approvisionner en eau et en nourriture. Les queues se sont écourtées jusqu'à ce que plus personne ne sorte de chez soi. Les chalutiers ne partaient plus en mer depuis longtemps. Et tout le monde a fini par s'enfermer sans rien à se mettre sous la dent. Et nous, comme tant d'autres, privés de père.

Une nuit, des hommes qui le recherchaient ont pénétré chez nous. Ma mère a eu la peur de sa vie. Qu'il ne s'avise pas de revenir, lui ont-ils assené, ou quelque chose dans le genre. Quant à vous, vous feriez mieux de dégager aussi. Sale pute, lui ont-ils lancé.

Ferme-la. Je me souviens des mots. Ma mère pleurait en ravalant sa fierté et ses larmes, tandis qu'elle rangeait la maison. Je ne l'avais jamais vue se retenir si fort de parler. Car ma mère n'était pas du genre à garder les choses pour elle.

Un matin, elle nous a sommées de prendre nos balluchons. Tous les habitants de la rue seraient pris à bord d'un chalutier qui nous sortirait de la ria. On a donc suivi maman. La mer semblait étrangère à ce qui s'y passait. La mer comme à l'ordinaire, sur la droite, d'un vert intense et grise notre mer, cette mer qui enfant te plaisait tant. Le village tout entier a été saccagé pendant notre absence. L'intérieur des maisons détruit. Tous les noms consignés. Nous étions des traîtres et des proches de traîtres. Et nous le serions pour toujours.

Tu sais, les fameux gens du soviet.

Et puis, un jour, lorsque nous étions déjà en ville, ma mère s'est absentée et nous a raconté par la suite qu'elle aurait préféré ne pas nous nommer. Je vous jure que j'aurais préféré ne pas avoir eu à prononcer vos noms. Mais que pouvais-je faire ? J'entends bien qu'elles sont deux, madame. Prononcez distinctement les deux noms complets, peu m'importe qu'elles soient sœurs, donnez-moi les nom et prénom de chacune des petites. Je songe à cet homme et à ses mains comme deux sabots dressés, sur le point de taper, une à une, les lettres de mon nom et de celui de ma sœur. Et à maman qui rentre au pas de course à la maison où nous vivions ensemble.

Personne ne peut s'imaginer ce que c'est que de se séparer d'un enfant. Puis d'un autre, et d'un autre encore. Comme si d'un coup le vide se faisait dans vos entrailles. Boyau sur boyau, sur boyau. Dire toi oui, toi non. Dire vous deux. Se détacher. Lâcher une main.

Qu'ai-je fait ? disait-elle.

La veille de notre départ, ma mère n'a pas réussi à fermer l'œil de la nuit, elle répétait sans cesse combien une fillette était légère et lourd un bateau. Toute ma vie j'ai conservé le souvenir de ma mère qui parlait ce soir-là du tourbillon d'eau que pouvait former le naufrage du navire, de la facilité avec laquelle il nous engloutirait. Évoquant une mer semée de chair d'enfants et de vieille ferraille. Personne ne peut s'imaginer ce que c'est que devoir sauver son enfant, jusqu'à ce qu'il faille s'y résoudre.

Mais on le fait.

Tu le ferais.

Toi-même tu le ferais.

Rien n'était simple. Tout cela s'est produit un an après notre arrivée dans la ville, le jour où elle est rentrée à la maison en larmes. Je vous ai mises sur la liste. Toutes les deux.

Mais pas Matías, ajouta-t-elle. Puis elle a porté sa main à sa bouche.

Figure-toi que c'est Matías qui est mort une fois qu'ils sont rentrés au village. Car, je répète, on ne leur apprenait pas à nager.

Une année, trois années de plus. Un frère en moins.

Faut dire qu'aujourd'hui on raconte tout à la va-vite.

5

TOUTES LES CHAUSSURES

(Adirane)

Cent pour cent coton. Flanelle. Adoucissant. Comme il faut. Le bon cycle. Le bon pliage et rangement. Pourtant, elle a l'impression que le lit de chez grand-mère ne suffit plus à un corps comme le sien. Comme si le pyjama à carreaux rétrécissait sur sa peau à chaque mouvement. L'échine froide, les cuisses serrées. Dans cette maison, la peur infantile, le cœur brisé, la première excitation indomptable comme une explosion inattendue sous les draps.

Dehors, la quiétude du long couloir, bien trop large pour un appartement de cette taille. Corridor par où s'engouffre le vent sous la porte d'entrée et où convergent les pièces des trois femmes, trois chambres à coucher dont celle qui l'accueille désormais : un lit, de vieux meubles, une machine à coudre sous une pile de chutes de tissu. Dans le salon, une horloge qui carillonne toutes les heures. La cuisine, immanquablement rangée, balayée, frottée à la fin de la journée.

Jamais une pile de vaisselle de la veille dans l'évier. Pas une miette sur le plan de travail ni de coulure séchée de fruit coupé pour le déjeuner de la petite. Dans le réfrigérateur ne pourrit aucune tomate oubliée.

Elle surveille depuis quelques nuits déjà le claquement du chauffage comme elle le ferait d'un système vivant qui se tortille dans un glouglou métallique. Serait-elle insomniaque ?

Alice dans la maison du Lapin blanc.

Alice aux extrémités qui dépassent de la couverture d'étoiles en crochet. Elle regarde à travers : quelles mains l'ont tricotée et combien de soirées durant ?

Est-ce le regret, cet élancement au cœur ? Elle ignore comment elle a fait pour rester loin toutes ces années. Tous ces jours qui s'écoulaient, remettant à plus tard la décision du retour, celle de régler toutes ces histoires avec sa mère. Se pourrait-il qu'elles réussissent à se dire pardon ? Qui doit faire le premier pas lorsqu'il n'y a plus de blessure palpable, plus rien à dire de précis ? Dès lors qu'il n'y a pas de retour en arrière possible, comment réparer ? D'une certaine façon, elle a commencé à comprendre il y a longtemps pourquoi sa mère était aussi évasive dès qu'elle lui parlait de son père – toujours au milieu d'autres choses, sans jamais céder au mensonge ni lui donner de réponse, au demeurant. Pourquoi était-ce à elle de creuser cette histoire ? Elle avait hérité d'un creux, d'une solitude, d'une pierre jetée on ne sait contre quel corps. Se pourrait-il que personne ne lui explique jamais rien ?

La vie ne s'est pas arrêtée dans cette maison, avec ses femmes qui vieillissaient tandis qu'elle, elle cultivait des conversations stériles, dansait jusqu'au petit matin dans des rades miteux et étroits, salles de cinéma en VO, des millions de minutes perdues avec des gens pour qui elle n'a jamais réussi à éprouver le moindre intérêt, dont elle a oublié jusqu'au nom. Tandis qu'elle construisait une autre famille.

Jamais elle ne repassera le linge de lit.

Petit à petit s'estompe son arrivée d'il y a quelques jours. Le voyage perd de sa gravité. La distanciation se met en marche. Elle est bien ici : elle plisse les yeux, observe le plafond, frémit des lèvres, voit encore flou à ce stade. Tu as toujours eu un faible pour la destruction, lui a dit Iván un jour. Mais en réalité, ce qu'elle aime véritablement, c'est ce qui est déjà détruit. D'où un sentiment de tiède étrangeté en se réveillant dans cette maison qui semble avoir surmonté toute absence.

Ce sont les draps humides et raides collés à sa peau plus habituée à la sécheresse de Madrid qui l'empêchent de dormir. Le frottement des toiles, traction et résistance. Je suis prisonnière, angoisse-t-elle. Elle les tire et les examine, ornés de petites fleurs délavées. La lumière qui passe au travers. Elle n'a pas oublié la sensation sous ses doigts et l'odeur d'humidité collée au tissu, imprégnée après des années de confinement dans un tiroir. Elle a oublié, en revanche, comment s'y abandonner en toute insouciance.

Elle passe une main sur le mur défraîchi il y a des années par son propre corps d'enfant. Elles ne l'ont jamais repeint. Aujourd'hui ça la dérange, les ressorts dans les reins, la raideur dans son cou au réveil et à travers le store la lumière de la gare qui ne s'éteint jamais. Même si rien n'est plus aussi sauvage qu'à l'époque. Plus aussi monstrueux que toute cette rouille d'avant, ce charbon, la fumée et la grisaille. Paysage qui n'est pas épargné par l'oxydation.

Comment faisaient-elles pour dormir. Avec toutes ces voitures et tous ces camions en route pour la France, à toute heure du jour et de la nuit, les lumières des feux de signalisation butant sur le plafond, les déchargements interminables de conteneurs à perte de vue, les pétroliers soviétiques traversant la baie, ferraille, bois, tôle sur fer plié. Paysage de poubelle métallique où que l'on porte le regard : voilà la destruction. Qu'il est difficile de se souvenir au cœur du silence du bruit que produit l'immense : les grandes ovations, la démolition, une cascade qui éclate sur l'eau. Le souvenir de la sueur en plein hiver.

Si elle ne dort pas, c'est aussi parce qu'elle se lève tous les jours de bon matin pour s'asseoir à côté de sa grand-mère, fait craquer ses os, et sent qu'elle peut se briser à tout moment, tente une nouvelle fois de filmer. Parfois, elle y renonce. D'autres fois, elle y parvient. Elle peigne ses cheveux doux et clairsemés, des fils de cheveux blancs formant des mèches qu'elle plaque en arrière avec de l'eau de Cologne. Elle hume son cou propre, regarde derrière elle pour déterminer où s'est perdu ce jour-là son regard : sur le mur d'en face, dans la ria, dans ses propres mains amaigries, taches pourpres de la peau sur les articulations. Elle se prouve constamment que tout cela n'est pas qu'une excuse pour prendre la fuite, ou pas uniquement.

Deux moments décisifs peuvent-ils se superposer ?

Bien évidemment. Les voici. Comment pourrait-elle dormir. Comment, si dès qu'elle ferme les yeux elle émerge d'un cauchemar interrompu dont le souvenir lui échappe, le cœur palpitant dans sa poitrine, dans son cou, dans ses mains. Si elle se redresse dix fois dans son lit. Et ce tremblement apparu une nuit des mois plus tôt à l'extrémité de ses doigts ? Cette électricité spontanée : le bruit du cœur en tout lieu. Sous le pyjama. Dans les tempes. Un cheval au-dedans ruant contre le sternum.

Elle ne dort pas depuis des nuits, parce qu'elle sait qu'à des centaines de kilomètres sa fille, elle, dort. Parce qu'elle s'imagine qu'elle pourrait se réveiller au milieu de la nuit prise d'une envie de faire pipi. Dire *ama*, *ama*, maman, j'ai froid dans mon lit. La couverture ! Et qu'elle n'est pas là pour soulever les draps, lui attraper les pieds et les glisser entre ses jambes douillettes. Pour aller à sa rencontre et envelopper son petit corps tout entier d'une étreinte, assemblage parfait, galaxie intérieure. Lui chanter à voix basse : « *Haurtxo polita sehaskan dago, zapi txuritan txit bero.* » Elle s'imagine que sa fille trompe le sommeil à quelque cinq cents kilomètres de là et cherche sa poitrine pour coucher la tête contre son cœur et ne la trouve pas. Elle sait qu'en partant, elle a précipité ce qu'elle redoutait tant. Sa propre disparition. Sa silhouette qui se découpe sur le canapé du soir.

Où est-elle ? Papa, *ama* ne va pas revenir ?

Tous deux doivent commencer à comprendre ce que son absence veut dire, même si lui mettra plus de temps à prendre toute la mesure du claquement de porte. Une maison se mue en un tout autre espace lorsqu'il manque à jamais l'un de ses occupants. Non pas qu'elle soit partie en position de légitime défense, mais elle n'a pas attendu pour autant la catastrophe qui laisserait sans réponse ce cri d'enfant au milieu de la nuit. Elle a tellement anticipé sa prémonition qu'elle a elle-même mis le feu aux poudres. C'est elle et rien d'autre, ni une maladie du corps, ni la mort subite, ni la dégradation des cellules, qui a dit : Ça suffit ! Cette radicalité n'était pas nécessaire, elle lui avait seulement laissé prendre une dimension irrécusable. Elle a placé le bonheur de sa fille au-dessus de tout en chassant l'ombre d'une mère devenue triste.

Chaque jour quand elle a ouvert les yeux dans ce

lit elle s'est refusée à envoyer un message. Tous les matins face à la diatribe irréfutable : es-tu partie pour toujours ? Puis elle se retient de demander comment a été la nuit. Ou que mange-t-elle au petit déjeuner ? A-t-elle avalé un fruit aujourd'hui ? Son lait, des légumes, du pain au levain ? Va-t-il lui mettre son pantalon en velours côtelé ? Et si l'élastique la serrait ? Si le gros-grain lui rentrait dans la peau ou s'il vrillait sous le tissu, s'il labourait sa chair neuve, lui laissait des marques rouges, la blessant des heures et des heures d'école durant, sous son manteau, sous toutes les couches qu'on ne retirerait pas avant le soir. Et si le froid lui gerçait les lèvres ?

Tous s'habitueront. Elle aussi.

Un soleil encore bas illumine la vieille bibliothèque en pin délabrée. Elle sort du lit et rabat le secrétaire où, petite, on l'installait pour dessiner. Les charnières coincent et continuent de la trahir lorsqu'elle tire à elle la planche, faisant sauter l'aimant. À l'intérieur, les mêmes objets qu'à l'époque, la même disposition ou presque, et un parfum d'encre et de copeaux, de poussière étale sur du papier ancien. La pile de bulletins municipaux, jamais ouverts. Le coffret en bois de cigares cubains plein de stylos à sec, sans valeur aucune. Elle en attrape un et découvre, en le tournant, le nom gravé de son grand-père, mort en 1998. Un compas à ressort, une règle en plastique bleue, réclame de la banque, une gomme, une fiche d'inscription à l'université au nom de sa mère, septembre 1979, quelques trombones et amas d'agrafes, un fume-cigarette en nacre pour tabac brun.

Une montagne de chemises en carton renferme des milliers de papiers qui ne servent plus à rien, mais sont les nouveaux témoins d'un passé lointain. Dans l'une, elle trouve une photo de sa mère et de sa grand-mère prise au milieu des années quatre-vingt. Elle scrute leurs regards. Jeunes l'une et l'autre, elles sont assises autour de la table ronde du salon. C'est elle qui a pris la photo, laissant la lampe et le bras de sa mère hors cadre, déportant de façon inesthétique les deux femmes vers la gauche. Quelques tasses vides traînent sur la table, blanches avec de petites fleurs bleues, de celles que l'on recevait gratuitement pour l'achat de yaourts au supermarché. On y voit également une boîte de biscuits ouverte. Sa mère a les cheveux noirs, coiffés en hauteur, typiques de l'époque, un ensemble chemise et pantalon à rayures blanches et bleues. Son visage repose sur ses poings et son regard fixe l'objectif, elle est visiblement contrariée. Sa mère possède les yeux bleus les plus foncés qu'elle connaisse. À tel point que sur les photos, si elle ne les écarquillait pas, si elle ne regardait pas droit dans l'appareil ou si ne tombait pas sur eux la lumière du soleil, ils pouvaient paraître noirs. Les siens sont presque identiques, quoique davantage affaissés à l'extérieur. Sa grand-mère, qui ressemble à une femme âgée sur la photo, mais devait alors tourner autour de la soixantaine, tient un crayon dans sa main, laquelle repose sur une pile de papiers. Elle porte un cardigan vert tricoté par ses soins et une blouse jaune aux imprimés noirs. La maison, ce décor immuable, s'affiche pour ainsi dire sous son apparence actuelle.

Que sait-elle de ces deux femmes ?

Elle ouvre une chemise en carton bleue. L'élastique élimé s'étire et rend l'âme. Elle contient un vieux document comptable de son grand-père daté de 1980. Elle caresse du bout des doigts cette calligraphie. L'écriture alambiquée au stylo bleu serrée sur le papier : c'est le grand ordre. Un aperçu de la façon dont on faisait les choses. Entrées et sorties d'argent. Des pesetas par milliers. Des colonnes de calculs. Le tout consigné.

Elle découvre le reçu d'un trench-coat pour femme acheté dans les années cinquante dans la vieille ville, les mesures pour les retouches d'un pantalon en Tergal, l'ébauche d'un projet d'ébénisterie de son grand-père qui comprend une rose des vents sur le sol d'un salon de la rue Prim, un rendez-vous avec l'aide-soignant, la réponse du ministère à sa mère, laquelle, oui, pourra camper, en 1972, sur les rives du fleuve. Elle découvre une facture devenue presque illisible. La met à plat. Elle provient d'un magasin de chaussures. Des bottes pour enfant achetées en ville en 1985. Ses bottes d'enfant. Elle se souvient de ce cuir tanné par l'usage, de la poussière accumulée dans ses plis. Elle se souvient d'une nuit il y a un peu plus d'un an, lorsque plus rien n'allait chez elle.

Elle commençait alors seulement à donner à la peur son nom véritable. Qu'est-ce qui n'allait pas exactement. Elle l'ignorait, ou bien ne voulait pas le savoir. Si son corps en souffrait, s'il ne répondait plus, c'est qu'au-dedans quelque chose clochait. Elle en avait la conviction. Elle a lâché les rênes parce qu'elle était fatiguée, y compris physiquement, notamment d'avoir à réfléchir et de tourner en rond, n'en pouvait plus de ne pas trouver le temps de réfléchir, et lui n'a pas eu la force de la soutenir. Elle n'en pouvait plus d'avoir peur. De redouter la peur qu'il arrive quelque chose. Elle vivait prisonnière d'une anticipation. Elle avait horreur des pensées abstraites.

Elle était sortie du lit et s'était appuyée contre le mur. Avait jeté un œil autour d'elle comme si cette chambre n'avait jamais été la sienne. Elle l'avait observé, comme s'il n'avait jamais été lui. Elle avait perdu tous les souvenirs à deux auxquels se raccrocher. Les meubles en bois écoresponsable qu'ils avaient rapportés du Nord mais n'avaient jamais eu le temps de vernir. Les reproductions de Rothko au-dessus de la tête de lit en rotin aux tons assortis à l'édredon et aux rideaux, le drap imitant le lin français entortillé sur le lit telle une trombe d'eau.

C'était ce qu'elle avait choisi. C'était ce dont elle rêvait. Et ce qu'elle avait.

Il lui avait demandé, en se redressant, qu'elle se calme, qu'y a-t-il, tu as mal quelque part, le torse nu, regard d'animal stupéfait, comment pourrais-je me calmer, c'est toi qui dois me rassurer, lui avait-elle crié. Qui d'autre pour me calmer. Lui n'allait pas la calmer, il n'aurait su, n'aurait pu.

J'ai une douleur à la poitrine, tu comprends. Il va m'arriver un malheur. Je suis fatiguée. Je n'en peux plus.

Parle moins fort, lui avait-il répondu. Alors que, assise au bord du lit, elle avait fondu en larmes. Était-ce là ce qu'on appelait toucher le fond. Pourtant, c'était la première fois. Dire, avouer, crier à l'aide, clamer que quelque chose va vous tomber dessus. Car elle pouvait entendre toutes sortes de diagnostics sur sa personne, mais aucun qui n'ait pas trait au corps, un muscle froissé, un organe qui se dégrade.

Dans toutes les routines gît une zone abyssale. Des lieux de minuit. Où la lumière du jour ne pénètre pas. Nulle indication, aucun voyant qui s'allume lorsqu'on empiète sur la zone de danger, alors qu'on risque de se faire dévorer par ce vortex qui naît juste sous nos pieds. Ce sont les nuages qui annoncent la tempête. Mais à présent les nuages sont en elle. En ce moment, et font frémir ses mâchoires dans la chambre à coucher.

Dans sa chambre à elle, la petite avait entendu les

cris et s'était mise à pleurer. Dehors, Madrid semblait apaisée, Madrid éclairée par-delà les ceintures périphériques. Par-delà l'embranchement sud. Le terrain de foot du dimanche, les rangées de lampadaires telles des bouées orange lumineuses indiquant le chemin du parc par où ils avaient promené la poussette, l'école maternelle et ses papillons sur les fenêtres et l'école primaire plongée dans le noir. La ville même qu'ils avaient traversée une nuit en sortant d'une soirée d'entreprise, lui les yeux rougis par l'alcool, elle la jupe tachée et mouillée par un verre renversé. Les rues qu'ils avaient arpentées tandis que toutes les fenêtres des immeubles s'éteignaient une par une. Qui était cet homme et où s'était-il dissimulé. Le corps mince, la barbe rousse au menton, les yeux transparents. Et qu'avait-il derrière la tête ? Serait-ce, possiblement, de la bonté ?

Elle avait rassemblé ses paumes sur son visage et les avait portées à sa bouche. Elle avait arraché de ses mains une odeur de femme antique, odeur d'oignon, de javel, de peau neuve d'enfant. Elle avait essayé de lui dire ce qui lui arrivait. Qu'elle sentait qu'il pouvait lui arriver quelque chose et qu'elle n'était pas à la hauteur de ce que la vie exigeait d'elle. Mais pourquoi maintenant, alors qu'elle venait d'avoir une fille. Justement. Quelqu'un qui répondait à l'amour avec amour. Pourquoi maintenant, quand ce qu'ils ont de plus précieux requiert sa présence. C'est lui qui était allé calmer la petite, lui avait apporté un verre d'eau et lui avait dit, tout va bien, Ruth, il n'y a rien, tu vois, on est à la maison. Tu as fait un cauchemar. Il était revenu alors auprès d'elle, le regard au sol, la haïssant fugacement d'avoir provoqué un sanglot.

Du reste elle savait qu'il ne mettrait jamais un pied dans cet ouragan, qu'il attendrait de le voir passer. Ils étaient deux bêtes apeurées sur le bord de la route. Les yeux brillants, le poil hérissé. Qu'allait-elle faire maintenant de toute cette peur. Comment gère-t-on pareille anxiété. À quel moment s'était-elle logée dans son corps sans son consentement.

Mais alors : qui prendra soin d'elle si je ne suis pas là, lui avait-elle demandé. Son regard qui se lève enfin et vient se planter droit dans le sien. Il avait mis quelques secondes atroces à répondre.

Et pourquoi pas moi ? lui avait-il dit, ou bien crois-tu que je ne saurais pas m'occuper d'elle si tu n'étais pas là ?

Et bien qu'elle sût qu'elle avait perdu le fil de la conversation, que la défaite se déclarait dans son dos, elle était parvenue à lui dire : Qui lui achètera des chaussures si toi tu ne connais pas sa pointure ? Et qui pour s'inquiéter du froid qu'il fait le matin avant d'aller à l'école, qui lavera ses pyjamas d'hiver avant qu'ils ne s'entassent dans le panier à linge et qui fera le compte des légumes qu'elle mange semaine après semaine et lui coupera les ongles des pieds avant qu'ils ne butent contre le fond de la chaussure.

Et que comptes-tu faire, Adi ? Lui acheter d'un coup toutes ses pompes jusqu'à ce que ses pieds s'arrêtent de grandir ? Entasser une rangée de boîtes de toutes les pointures dans son armoire, on ne sait jamais. Vingt-huit, trente et un, trente-sept. Au cas où il t'arriverait quelque chose. Au cas où tu te déciderais enfin à mettre les bouts. Ou alors s'il t'arrivait malheur, que sais-je, si tu tombais malade pour de vrai, si tu disparaissais, quoi encore. C'est ce que tu souhaites lui donner ? C'est ça, pour toi, être mère ? Lui laisser une montagne de boîtes numérotées et rangées par taille avec toutes les chaussures de sa vie ?

Il ne criait jamais. Elle avait respiré, ayant eu ce qu'elle cherchait.

Elle a attendu encore plus d'un an pour quitter la maison. Un an à s'en vouloir d'avoir brisé le sommeil de sa fille cette nuit-là. Et n'a prévu de chaussures à vie pour personne, mais elle n'a pas manqué de placer dans une boîte en carton qu'elle a glissée sous le lit quelques photos où elles apparaissent ensemble, le clamp taché de Bétadine de son cordon ombilical, une liste de ses films préférés, un flacon avec un fond de son parfum, la mèche tirée de la première coupe de cheveux de Ruth et certains montages vidéo qu'elle avait réalisés pour ses trois premiers anniversaires. Une trousse de secours pour le salut de sa propre mémoire de mère.

Elle a arrêté d'attendre qu'on vienne lui caresser le dos. Qu'une quelconque magie traverse leurs vies. Parce que jamais ni lui ni sa propre mère ne lui avaient encore prodigué de consolation. Ils l'avaient abandonnée à ses pleurs jusqu'à ce qu'elle trouve en elle la force de se calmer. Alors qu'elle n'était qu'une femme en demande de compassion.

Elle a entrepris de quitter la maison, non sans savoir parfaitement ce que franchir la porte aurait comme conséquences. Car elle n'avait pas de motif tangible. Ne traînait pas une douleur qu'elle pourrait faire valoir. Elle n'était pas une mère arc-boutée contre les guerres des hommes, comme l'avait été son arrière-grand-mère. Elle n'était pas une mère qui éloignait sa fille de la violence et taisait des décennies durant, honteuse ou craintive, une origine, comme l'avait été sa mère. Elle possédait tout, l'avait elle-même bâti, mais n'en voulait plus. Puisque quelque chose s'était grippé. Puisque quelque chose, son corps le lui disait, un tremblement le lui suggérait, ne tournait pas rond. Seules les mères mortes ne répondaient pas à l'impératif d'abnégation. Mais elle n'allait pas attendre davantage. Il fallait qu'elle sache si c'était ça, qui la terrorisait. Ça : quelque chose d'informe, aux contours diffus, et grand comme la construction d'une famille.

Comment pouvait-elle découvrir si elle voulait ou non être cette personne.

Ou, plutôt, si elle voulait ou non être cette mère.

Ou la femme de cet homme.

Plus précisément, laquelle de ces questions appelait une réponse ?

6

C'EST QUI, PAPA ?

(Adriana)

Elle prend des notes sur le balcon, installée dans une chaise longue en aluminium et toile à rayures. Elle porte un bonnet en laine et une écharpe rouge. Elle a enfilé mon manteau. Elle écrit dans un cahier posé sur ses genoux. Les pieds sur le garde-corps. De temps en temps, elle regarde devant elle puis revient au cahier. Un roulier russe de plus de cent mètres de long fend l'eau de la baie en direction du quai. Il progresse lentement face aux petites maisons colorées. Un monstre océanique entrant dans un pays de carton-pâte.

Elle ne m'adresse toujours pas la parole, bonjour, il fait froid, j'apporte du pain ? Mais elle devra, tôt ou tard, s'y résoudre. Suis-je une corvée à tes yeux ? lui demanderai-je alors. Je sais qu'entre toutes les possibilités, il en existe une où elle et moi, mère et fille, ou grand-mère et petite-fille, toujours imprécises et pas forcément dans l'ordre, nous nous asseyons ensemble, pour mettre cartes sur table. Mais ces deux-là n'auraient pas grand-chose à voir avec nous. Avares en paroles. Sachant tout sur tout. Bien évidemment.

Si seulement elle daignait me regarder, je pourrais lui dire ceci : une fois, par un après-midi d'automne, tu es rentrée à la maison crevant de chaud et tu t'es posée à cet endroit précisément. Tu dégageais cette odeur d'enfant encore mêlée de sable, de sueur et de flaque d'eau, une odeur de feuilles mortes. Tu avais laissé la bicyclette devant l'entrée. Tu portais une jupe en maille et un pull à grosses rayures blanches et bleues. Ta mamie avait insisté pour te mettre ces chaussures noires à brides qui te lacéraient le pied et que ni toi ni moi n'aimions. J'avais préféré ne pas discuter. Elles ont quitté la maison éclatantes et sont revenues ternes et égratignées. Je me suis réjouie en silence en les voyant franchir la porte ainsi massacrées. Lorsque j'ai posé une main sur ta tête au moment où tu filais devant moi, j'ai senti sous ta tignasse que tu avais transpiré.

Tu avais passé l'après-midi à jouer sur la place. Tu t'es postée devant le miroir dans le couloir et tu as déclaré être une enfant-soleil car, échappant au cerclage de la queue-de-cheval, tes cheveux humides cabriolaient autour de ton visage, toujours clairs à la naissance, presque blancs, comme de faibles rayons. Tu avais les lèvres gercées par le sel des graines de courge et des coulées roses sur le menton. On a mangé un Flash glacé. Les jambes griffées de noir, et des taches jusqu'aux chevilles. Es-tu allée jusqu'au port ? Je t'ai dit de ne pas t'en approcher. Je n'y suis pas allée, *ama*.

Tu parlais toujours d'une voix tellement sincère. Il m'était impossible de ne pas te croire. Tu étais une petite guérillera rentrée à la maison après avoir livré bataille à l'ombre des tilleuls, fictions impossibles, et le pétillement dans les yeux de qui sauve sa peau à cache-cache. Un, deux, trois, pour moi.

J'ai rempli la baignoire et je t'ai aidée à enlever tes vêtements. Cet instant, je l'ai délibérément fixé dans ma mémoire car bientôt je ne pourrais plus t'aider à te déshabiller, à tenir sur un pied pour ôter ta chaussette comme un clown acrobate. Assise dans cette salle de bain aux carreaux géométriques couleur caramel que nous avons changés des années plus tard, après ton départ, je t'ai frotté le dos, les bras, le cou. Je t'ai lavé les cheveux avec ce savon que l'on trouve encore et qui dégage un parfum amer, mais qui ne pique pas les yeux, finies les larmes, et j'ai enroulé une serviette autour de ta tête tandis que tu jouais à faire mousser un flacon de gel vide que tu t'amusais à remplir encore et encore. Lorsque l'eau a refroidi, je t'ai sortie du bain en te serrant contre moi dans la serviette propre et bleue, rêche comme tout ce qu'on lave dans la maison de mamie. Tu racontais une histoire qui avait trait à Ane, malgré la serviette sur ton visage qui entrecoupait ton récit, et où il était question de faire le poirier en même temps, toutes deux appuyées contre le mur les jambes écartées et croisées, comme un *w*, puis je t'ai observée en train d'enfiler ton pyjama sans jamais t'arrêter de parler.

Et voici l'histoire que tu n'enregistreras pas : la mienne. Nous vivions depuis deux ans dans la maison des grands-parents. Moi, j'avais perdu mon travail. Je ne parvenais plus à subvenir à nos besoins. Ta mamie me payait des courses de première nécessité qu'elle m'apportait dans des sacs en plastique du marché. Elle les remplissait de filets de veau, yaourts et biscuits. Parfois aussi, elle y glissait du chocolat et des chewing-gums pour toi. Et d'autres fois encore, des billets enroulés dans un élastique jaune. Mais ce n'était pas une solution. C'est pourquoi nous sommes retournées vivre chez eux.

Ce furent des années terribles, des années de plomb, de drogue, mais pas seulement. L'époque était atroce. Une obscurité saturait l'air, même lorsqu'il y avait du soleil. Je croyais que tu ne t'en rendais pas compte. Que tu te contentais de sentir ma main dans la tienne. Mais c'était dans l'air, et rien n'était invisible. Ces années-là aussi t'ont façonnée. Ce n'est pas une métaphore ni une façon de parler. L'air était pollué et nous le respirions. Combien de fois par la suite m'as-tu raconté une histoire qui se réfère à cette époque, le retour à la maison au pas de course obligatoire, ne touche à rien que tu ne saches identifier, n'accepte de bonbons de personne, ne pars pas avec des gens que tu ne connais pas. Moi, tous les jours fatiguée, te préparant à dîner à moitié endormie, remuant les lèvres machinalement pour raconter l'histoire, tandis que la conscience s'échappe vers une autre obscurité. Me demandant si on ne ferait pas mieux de changer d'endroit, de partir vers l'intérieur des terres. Seulement, nous les filles uniques avons le plus grand mal à nous éloigner. C'est ton cas aussi ?

Les quais étaient remplis d'hommes désœuvrés. Ils se tenaient à disposition des chalutiers. Faisaient la queue devant l'usine de tuyaux d'étain. Arrivaient aux portes de la papeterie et attendaient. Mais ici plus rien n'était comme avant. Les flottes s'étaient réduites considérablement les années précédentes. Le travail manquait. La drogue était omniprésente. La violence s'affichait sur la photo d'une voiture brûlée à l'angle d'une rue du centre. Un jour après l'autre, et ça recommençait. Des bombes explosaient dans la main de quelqu'un, des cibles apparaissaient sur les murs, entourant le nom d'un collègue qui avait refusé de faire grève. On se connaissait tous. Le gendre d'untel. Le frère de l'autre. Le fils de la dame là-bas.

Ton grand-père souhaitait que je poursuive mes études, mais je ne voulais pas qu'ils nous aient toi et moi à charge, comme si nous étions leurs deux filles. Il a fini par céder et m'a déniché un emploi dans les bureaux de la fonderie par le biais d'un ami. On m'a fait passer un test à l'entrée. Et je l'ai réussi. On m'a envoyée au bureau du noyautage. Je ne savais même pas ce qu'était un noyau. Mais j'ai appris. Je n'avais pour bagage qu'une licence en lettres inachevée. Puisque je t'ai eue avant mon diplôme.

Nous travaillions dans une cage qui donnait sur l'atelier. Le vacarme était effroyable. Les pièces étaient réalisées en sable dans un premier temps, puis en acier. Je me souviens encore de l'odeur du sable pressé dans l'huile. Je n'ai jamais rien senti de semblable par la suite. Les machines faisaient un bruit infernal autour des hauts-fourneaux et des poches métallurgiques. J'avais régulièrement des migraines. Une joyeuse pyrotechnie comme des feux de Bengale.

Il y avait des brûlés. Des hommes amputés. Des hommes aux bronches dévastées qui toussaient en partant de chez eux le matin et toussaient le soir en rentrant. C'était malheureux mais c'était comme ça. Ça avait toujours été comme ça. Dans le service, c'est moi qui tenais les feuilles journalières de travail de tous ces ouvriers. Si les travailleurs s'arrêtaient par manque de matériaux ou parce qu'une machine était tombée en panne, ou parce qu'ils prenaient leur pause déjeuner, il fallait le consigner. Et les pénaliser en conséquence. Si l'un d'eux s'emportait contre son chef et l'envoyait se faire voir, il était lourdement sanctionné, mais il ne se faisait pas licencier, parce que ces bras-là étaient précieux.

Je commençais à sept heures trente le matin et je restais une heure de plus que les autres, pour assurer la gestion de l'atelier. Je n'avais donc pas le temps de rentrer déjeuner. À deux pas de l'usine se trouvait un bar. À toute heure rempli d'ouvriers. Venus de la fonderie, mais également de la raffinerie. C'était une sorte de petite ville adossée au village. Avec ses fumées et ses habitants en bleu de travail. Étroite, sombre, étouffante. Je n'aimais pas devoir y entrer. Seulement, je n'avais presque jamais le temps de me faire à manger le soir.

Et bien qu'il fût interdit de boire durant les heures de travail, nous buvions.

À l'époque, il arrivait encore que des femmes se marient et disparaissent de l'usine. Ce n'était pas par choix. L'entreprise vous offrait un cadeau empoisonné. Pour votre mariage, tenez, je ne sais combien de milliers de pesetas, puis foutez-moi le camp. Ils se doutaient bien qu'elles feraient presque toutes des enfants et finiraient aussi presque toutes par manquer le travail pour coincer un thermomètre sous un bras, assister au spectacle de Noël, ou sortir en catastrophe appliquer de l'iode sur un genou ouvert. Nous avons été un certain nombre à nous battre pour que cela cesse. Nous nous retrouvions pendant nos pauses. À terme, l'entreprise a fait acte de contrition et adieu l'argent et le renvoi.

Alors les chefs nous félicitaient d'un baiser sur chaque joue. Contact abrasif de ces barbes imprégnées de lotion qui avaient poussé toute la journée. Mais nous n'avions que faire des félicitations, nous voulions de l'argent pour vous acheter un manteau, un cartable neuf, des maillots de corps, du lait.

C'est durant ces années-là que j'ai rencontré Seb. Il avait travaillé comme journalier dans un chantier du centre-ville, mais était originaire de Salamanque. Il résidait dans la seule pension qu'il y avait dans le village. Il était employé chez Rutina, là où on gagnait le mieux et on trimait le plus. Il était venu travailler et c'est ce qu'il faisait. Sa famille possédait des champs et souhaitait le voir rentrer, mais lui voulait découvrir le monde, naviguer, prendre le large, le large, Adriana, c'est ce que je veux connaître. Adriana, celle qui arrive par la mer, me disait-il.

Mais il avait atterri ici, dans ce village coupé en quatre, échoué à l'entrée du port sans avoir jamais mis les pieds sur un bateau. C'était un homme compact dans tous les sens du terme, le nez épais et les yeux étincelants des animaux futés. Pas très beau, mais quand même. Il travaillait du lundi au samedi et le dimanche il se déplaçait en ville pour parachever sa formation. Dans le bar, mâchuré de poussière métallique de la tête aux pieds, il me proposa de sortir en forêt un dimanche après-midi. Dans la mesure du possible, il préférait le grand air à n'importe quel intérieur, m'a-t-il soutenu. Et j'ignore pourquoi, mais j'ai dit oui.

Je n'avais pas même envisagé de retrouver un jour la compagnie d'un homme, comme si cette composante de ma vie avait été dynamitée avec ton arrivée. Mais le fait est que je n'avais pas trente ans.

Seb a fait irruption dans mon monde, il me raccompagnait jusque chez moi et me jetait des regards qui disaient je veux arracher tout ce que tu portes sur toi, mais s'en tenait à des bonne nuit, au revoir, repose-toi, Adriana. Gentleman sale, barbouillé de suie la semaine durant, immaculé le dimanche. Mais moi je ne remarquais que l'eau de toilette froide sous sa chemise, la barbe qui frottait contre son col, je ne voyais que ces deux mains qui déplaçaient des tonnes de pièces et qui après ça venaient à moi.

J'ai retrouvé mon corps. Je me sentais, d'une façon très primitive et correcte à la fois, en sécurité en sa compagnie. J'en étais dingue. Je me reconnectais avec un sentiment hérité que j'avais perdu et je ne savais pas comment faire. J'aimais ses emportements insensés, qui m'amusaient. Je m'accordais une petite excitation chaque fois que nous haussions le ton. Après quoi, je me sentais coupable. Et plus je passais de temps avec lui, plus s'éloignait le souvenir d'un autre visage, d'une autre voix, d'une autre consistance, comme si aucun homme n'était encore passé par moi. Petit à petit, j'ai cessé de penser à ton père.

Seb était l'exact opposé de ton père.

Un après-midi, nous t'avons prise avec nous en balade dans le vieux centre. Je te tenais par la main et je te montrais des choses et je te racontais des histoires. Seulement, ce tableau m'apparaissait comme une trahison absurde. J'étais la fille déchue d'un territoire, qui s'en allait avec qui elle ne devait pas. Était-ce là le bonheur ? Entre lui et moi, entre nous, il y avait un lien charnel et tellement traditionnel, tellement du côté des choses comme elles devraient être, que je n'ai pas su voir que nous n'étions pas faits l'un pour l'autre. Seb a été transféré sur un autre site et je l'ai regretté pendant un temps, mais cela nous a éloignés irrémédiablement. Il s'est planté une ou deux fois devant la maison des grands-parents, mais je ne suis pas allée à sa rencontre.

Lorsqu'ils ont fermé l'usine, je me suis retrouvée à nouveau sur la paille. On était virés, et ça n'a servi à rien que les hommes s'enchaînent aux machines en ce soir d'avril. À rien, le syndicat de femmes que nous avions formé. Le bâtiment s'est vidé progressivement jusqu'à se transformer en un musée fantôme de toute une époque. Il reste ces vestiges, toujours sur pied, comme un étendard brûlé par le soleil. Ce soir-là, alors que nous étions tous à la rue, sans emploi, tes grands-parents m'ont fait promettre que je retournerais à l'université. Promesse tenue.

Tu avais dix ans.

Le soir où tu es rentrée crasseuse et heureuse, si enfantine, si joyeuse et sûre de toi, bien que tu ne l'aies pas vu, appuyé sur l'immeuble d'en face, Seb m'attendait. Je m'étais pomponnée et j'étais disposée à parler avec lui sans trop savoir ce que j'avais à lui dire, lorsque tu as appuyé sur le bouton de l'interphone. Je suis alors restée faire ta toilette, te brosser les cheveux, te mettre en pyjama et te servir à dîner ces poissons orange que je pinçais encore du bout des doigts pour traquer les arêtes avant de les porter à ta bouche.

Je ne saurais dire si j'ai été triste ce soir-là, probablement que oui. Tout comme les jours d'après. Tu l'avais remarqué, ce quelque chose qui était là avec nous à chaque instant, pris dans tes vêtements éparpillés dans la salle de bain embuée, dans l'épine dorsale arrachée aux poissons gras et dans leur bouche ouverte dans l'assiette. Tu m'as observée de tes deux yeux océan, fixes, avant de me dire : C'est qui, papa ? Ta voix était toujours sincère et tu ne posais jamais trop de questions. Tu étais assise ici même, là où tu te tiens à présent, plus de trente ans plus tard, scrutant la baie tandis que je me remémore tout cela.

J'aimerais poser une main sur sa tête, lui laver les cheveux à nouveau avec ce même shampoing.

Lui dire : Finies les larmes.

7

TÊTES TONDUES

(Ruth)

Je ne veux pas d'autre café. Juste un verre d'eau. Pose-le là, que je puisse l'atteindre. Voici comment c'était jusqu'à notre départ.

On dormait tous dans la même pièce. À même le sol. Des planches obturaient les fenêtres. Un coup de vent en été avait brisé les carreaux. Maman s'était blessée en ramassant les débris. Elle s'était confectionné un garrot à l'aide d'une chaussette et d'un bout de bois. Puis elle avait serré les dents. C'était tout elle. On vivait dans un appartement que le gouvernement avait mis à la disposition de plusieurs familles du village. Le père de l'une de ces familles avait reçu un éclat de mitraille au front. Lorsqu'il fut tiré d'affaire, il en garda un trou net et profond. C'est rien, disait-il, une flèche que m'ont décochée les Sioux dans les plaines de l'Ouest. Une simple blessure de guerre.

Et comment. Matías s'entêtait à vouloir la toucher. Dès qu'il tendait la main vers la tête de l'homme, celui-ci, qui ne disait rien, se mettait à aboyer et à montrer les dents, faisant détaler l'enfant jusqu'à nous, mortes de rire. Car il nous arrivait encore de rire.

L'humidité entrait par la fenêtre. Le froid s'y engouffrait. La ville s'y invitait et l'odeur de goudron, de marée basse et de café aussi. L'immeuble tout entier était occupé par des familles qui avaient fui la mise à sac du littoral. C'était un appartement de plan carré, ceint d'un vaste couloir qui en faisait le tour. Huit ou neuf pièces accueillant chacune deux familles : hommes, femmes et enfants. Au milieu, une cuisine ornée de petits carreaux verts qui lui donnaient un air de bloc opératoire avec au centre une table en bois foncé. Parfois, des morceaux de faïence se détachaient en pleine nuit et on sortait dans le couloir, les yeux comme des soucoupes. Amelia s'est mise à dire que c'étaient les fantômes des personnes mortes dans cette maison. Puis on a fini par s'habituer aux bruits. Aux morts aussi. Sur la cuisinière en fonte on brûlait tout ce qui pouvait nous réchauffer. Beaucoup de meubles y sont passés, et des vêtements et des cartons et les branches basses des arbres de la ville.

Ce qu'on a pu avoir froid.

La nuit, nous déroulions une paillasse et maman tendait son bras pour y accueillir nos têtes. Je pouvais sentir le cœur de ma mère sous mon oreille, son arythmie, deux battements courts et un long, deux courts et un long, les sucs gastriques qui lui raclaient le ventre vide, les bouloches de sa veste en laine collées à ma bave et ma respiration sur les cheveux fins de Matías. Je me souviens encore du contact des vêtements de ma mère, de mes cheveux qui s'enroulaient autour des boutons de son encolure. Quand je la revois à l'époque, c'est une silhouette noire et véloce qui ordonne tout notre entourage afin de nous épargner ce qui se passe à l'extérieur. Bien que menue, ma mère était jolie. Mais la femme que nous avons laissée sur le port à notre départ n'était pas la même que celle que nous avons retrouvée par la suite. Sa bouche s'était affaissée. Des rides profondes étaient apparues entre ses sourcils ainsi que deux poches noires sous les yeux.

C'était elle et ce n'était pas elle. Le rictus de l'amertume.

Ne va pas croire que j'ai toujours été gentille avec elle.

Non.

Je n'ai jamais eu aussi faim que cette année-là, pas même lors des années qui suivirent. Jamais, Adirane. La faim est une serre qui te laboure les entrailles, puis te laboure la tête, jusqu'à ce que tu n'aies plus qu'une pensée : manger. Et puis elle se répand comme un venin dans tout le corps.

Je ne pensais plus qu'à la mie de pain.

Je voulais du pain. Du pain. Du pain. Du pain. Du pain blanc. Et du gras. Je te jure, je ne rêvais plus que de pouvoir croquer dans la chair blanche du bacon que recevait ma mère tous les ans, quand on avait tué le cochon. Le sentir se coller à ma langue, passer sur mes gencives et dans ma gorge. C'est pourquoi nous jouions à la dînette. Nous avalions de pleines cuillerées d'air. Imaginions la carte d'un restaurant. Haricots blancs et chorizo pour Matías.

La faim était aussi une maladie mentale. Maman s'est alarmée de voir Amelia maigre comme un clou et s'est empressée de lui dégoter de l'huile de foie de morue. Comme nous changions rarement de vêtements, cela faisait des mois que je ne l'avais pas vue nue. Un jour, dans l'entrebâillement de l'emmanchure de son chemisier, maman remarqua sa cage thoracique qui se dessinait à chaque respiration. Une autre fois, elle se penchait pour ramasser quelque chose, quand ce sont ses ischions qui ont pointé comme deux piques sous la toile de sa jupe. Amelia vomissait à la seule vue du bocal, le remède s'avérant pire que le mal. Un beau jour ma mère est sortie et au retour, elle n'avait plus son alliance. Elle rapportait deux patates douces de belle taille et des pois chiches rances. Quelques tranches de morue et deux centimètres de pâte de coings.

Trois estomacs, quatre avec le sien, cela n'a pas duré trois jours.

Cet hiver-là dans cette maison, un enfant est mort.

Il est tombé malade. Et il n'y avait ni docteur ni rien à lui donner pour soulager la douleur.

Mon frère souffrait des poumons dès sa naissance. Le sternum s'enfonçait quand il respirait. Comme mon père. C'est pourquoi ma mère mettait toute son énergie à faire en sorte qu'il ne transpire pas, qu'il n'attrape pas froid, qu'il ne se promène pas pieds nus ou dans des vêtements humides. On en est tous ressortis pâles, anémiés, la peau sur les os et un peu attardés. Je ne dis pas ça à la légère, cette année-là dans la ville on a oublié tout ce que l'école nous avait appris. La guerre ne charrie pas que la mort. À sa suite viennent la faim et tout le reste, il faut tenir.

Puis il y a eu les poux. Nous en avions pratiquement tout le temps.

Ma mère a appelé sa sœur pour qu'elle amène ses enfants et les inscrive sur la même liste que nous. Mais leur train a été bombardé et il leur a fallu sauter du wagon en pleine cambrousse. Ils nous ont raconté qu'ils avaient atterri dans les ronces. Qu'un enfant s'était empêtré dans les épines. Qu'un avion avait traversé le ciel. Qu'ils n'avaient pas réussi à le dégager. Et qu'il était mort la bouche en l'air, mitraillé, sous les yeux de ses parents. Déchiqueté.

En avril, l'année de notre départ, nous avons appris pour Guernica. Que les avions avaient rayé Guernica de la carte. Qu'ils approchaient. Que c'étaient des

Allemands. Que ce serait pire encore. Je pensais que rien ne pouvait être pire.

Vois-tu.

Il y a toujours de la marge.

C'est pourquoi j'évite de me plaindre.

On racontait qu'ils commençaient par larguer quelques bombes pour affoler les gens et qu'ensuite ils attendaient. Qu'ils guettaient le premier qui s'aventurerait dehors, quelque impatient à qui ce calme lourd qui succède à un bombardement semblait définitif. Alors, ils le criblaient de balles. Mais tout ça, tu le sais, on t'a déjà raconté mille fois comment c'était.

Rien ne paraissait plus terrible que ce mois de juin.

Il faut évacuer les enfants maintenant, avait dit le père d'une autre famille, le dernier paquebot s'apprête à lever l'ancre. Ils arrivent.

À l'horizon, les avions volaient de plus en plus bas, leurs ventres noirs ouverts. Cette nuit-là, ils ont détruit la ligne de défense que les femmes et les fils des miliciens avaient creusée autour de la ville.

Le pire c'est que l'on s'habitue à vivre en guerre. On s'habitue à tout. Je me rappelle que, soudain, une fenêtre s'ouvrait et *ta ta ta*, on tirait sur les avions. Au début, on se précipitait sous les tables. Puis, on a compris qu'il était possible à la fois de jouer et de sentir le fracas qui emportait des vies quelques kilomètres plus loin.

Le gouvernement souhaitait évacuer la ville.

Le jour de mon anniversaire, maman nous a dit : C'est aujourd'hui.

Elle m'a prise par la main, parce que je n'étais pas comme la tante Amelia, qui était tout ce qu'il y a de plus tranquille, moi j'étais un paquet de nerfs. Ainsi m'a-t-elle attrapée d'une main et Matías de l'autre. On a couru jusqu'à la gare. Matías a été pris d'une quinte de toux et maman a dû s'arrêter et rester à ses côtés. Ma mère s'entendait dire : les maux du père emporteront le fils. Mais ma mère n'en avait cure, parce qu'au bout du compte mon père avait disparu avec la guerre, il n'avait pas succombé à autre chose.

Ma mère a dit, vous devez y aller toutes seules, le petit ne peut plus courir, ne regardez pas en arrière ni en haut, regardez droit devant vous. On respirait à grand-peine, il tombait une pluie de pierres. Mon balluchon ne pesait rien du tout. Contrairement à celui d'Amelia, dans lequel, parce qu'elle était l'aînée, ma mère avait empaqueté les provisions pour le voyage, ainsi que du papier, des crayons et des timbres. Maman s'est léché un doigt et m'a nettoyé le coin des lèvres. Reste propre, Ruth. Pensez à m'écrire ; Amelia, tu me diras où on vous emmène. Et n'oublie pas de me dire comment va ta sœur. Ma mère l'a ensuite enlacée vigoureusement. J'espère que tu auras plus à manger qu'ici, ma chérie. Tu as tout ce qu'il faut pour elle également. Et, ne t'avise pas de rentrer sans la petite, sinon je te tue.

C'est ce qu'elle a dit.

Après l'avoir menacée elle lui a souri, a essuyé les larmes qui roulaient sur son visage et a retenu sa respiration.

Ma sœur Amelia n'avait que douze ans.

Ma mère a levé les yeux au ciel. Elle lui adressait une supplique, à coup sûr. J'imagine qu'elle devait prier, le regard plongé dans ce ciel noir de fumée, j'imagine qu'elle maudissait mon père et les hommes qui nous avaient conduits jusqu'ici.

Le trajet entre la gare et le port n'était plus qu'une volée de mamans corneilles traînant leurs oisillons.

Penses-y, pense à ce que c'est de mettre son enfant dans un bateau alors qu'on ne les quitte plus des yeux de nos jours. Affirmer à tes filles que tout va bien, vous n'avez rien à craindre, ici ça va aller. Leur mentir de façon éhontée en disant : on se reverra, bientôt on sera à nouveau tous réunis. Et maintenant lâche leurs mains. Détache-toi de leur chair et change ton regard. Souris. Observe comment s'éloigne le corps de tes deux filles. Fillettes apeurées sur un bateau dont on ne sait ni où il va, ni jusqu'à quand, et leur dire : il ne va rien vous arriver. Il ne va rien m'arriver. Et dire au revoir. Serrer fort le petit, parce que le petit ne part pas, parce qu'une mère ne peut rester totalement seule. Mais lâcher les autres mains. Tout lâcher. Faire ses adieux.

Ils ont noté sur un bristol blanc nos nom, âge, lieu de naissance, les noms des parents et nous l'ont accroché sur la poitrine. À peine embarquées sur le *Habana*, un immense transatlantique de marchandises et de passagers en partance pour le Mexique, Cuba et New York, après les mouchoirs blancs et les cris déchirants de toutes ces femmes et après qu'on a obligé toutes ces mères, de pied en cap vêtues de noir, à s'éloigner du quai, nous avons été inspectées. On nous fourrait des doigts dans les cheveux et on nous exposait au soleil. Avant de lever l'ancre, pratiquement tous les enfants avaient été tondus. Ma sœur ne me lâchait pas. Ces deux-là n'ont pas de poux, a déclaré la femme. On nous a emmenées dans une cabine située dans les cales, avec d'autres filles. En découvrant les couchettes on s'y est précipitées pêle-mêle. Au moins, au terme d'une année, on allait enfin dormir sur quelque chose.

Le bateau appareilla le soir même. Notre hublot ne donnait pas sur le village. Nous apercevions à peine le canal une fois passées les falaises pâles découpées à coups de hache. Nous avancions très lentement. Amelia était collée à la fenêtre, silencieuse et plongée dans ses pensées. Voici revenu le navire de guerre, dit-elle. Une fille l'a bousculée : Ce n'est pas possible.

Mais c'était le cas.

Imagine.

La bête s'est mise en travers pour nous freiner, et a pointé ses huit canons. Nous tremblions. Nous nous sommes immobilisés à notre tour et pendant quelques minutes j'ai pensé que nous n'irions pas plus loin. Dans tous les haut-parleurs a retenti la voix du capitaine : tous les enfants sur le pont, en vitesse, tous les enfants sur le pont. La porte de la cabine s'est ouverte et une femme nous a ordonné de remonter le long couloir au pas de course. Allez les filles, sur le pont, allez.

Les avions se sont mis à tournoyer de plus en plus près.

Sur le pont les enfants autour de nous criaient en se bouchant les oreilles. Il n'y avait pas la place pour un enfant de plus.

Les avions nous survolaient les tripes grandes ouvertes. Prêts à larguer leurs munitions sur nos têtes. Alors, le capitaine a hurlé dans le haut-parleur : Ce navire transporte des enfants, ne tirez pas, de grâce, il n'y a que des enfants à bord ; et le cuirassier a compris que nous étions des réfugiés et a fait pivoter les mantelets de ses canons, puis, au bout du compte, nous a cédé le passage. Les enseignantes qui nous accompagnaient ont fondu en larmes en s'enlaçant. Elles avaient, à tout casser, une vingtaine d'années.

Meilleurs vœux, me dit alors Amelia en m'embrassant sur les cheveux.

Pourquoi, ai-je demandé.

Parce que c'est toujours ton anniversaire.

Tous ces enfants, toutes ces misérables têtes tondues, tous, nous avons adressé des baisers aux avions ennemis et au cuirassier. Enfants squelettes qui disaient au revoir aux armées obscures de la guerre. Enfants qui à la fois pleuraient et riaient. Ce qui deviendrait la norme. Ce soir-là, on a eu droit à un pain chacun et on nous a ramenés dans nos cabines, tandis que ma sœur tombait malade.

Deux jours plus tard, avec une Amelia livide à cause du tangage et plus squelettique que jamais – elle vomissait en permanence dans un seau en laiton –, on a accosté dans un petit port, dans un estuaire de France. Le navire faisait halte. À peine débarqués, *bim*, *bim*, *bim*, on nous a administré trois vaccins dans le bras. Puis on nous a conduits en rang serré jusqu'à un bâtiment énorme. Chacune portant son balluchon.

J'ai fait des cauchemars pendant tout le temps qu'on est restés dans ce lieu, je rêvais d'images isolées : l'aiguille du vaccin, le rivetage du bateau. Les avions et toutes ces têtes d'enfants. Le vomi de ma sœur et la vapeur s'échappant des cheminées. Le quai avec toutes ces dames dans leurs habits noirs.

Dans mes rêves les flots étaient constellés d'os d'enfants. Des millions d'os portés jusqu'au rivage par le roulis de la mer. De ta mer adorée, celle-là même.

8

ORDINARY STORY

(Adirane)

Tu t'es déjà demandé comment ce serait de savoir tout ce qui nous attend ? Je crois pouvoir te dire sans me tromper où nous serons dans les années à venir.

Sauf qu'on ne sait pas, répond Iván. Si seulement.

Si seulement ?

Ils avaient pris l'autoroute au départ de Madrid. Ils s'étaient arrêtés pour manger de l'agneau. S'ensuivirent les lourdeurs d'estomac. Ils s'arrêtèrent pour boire un café. Puis fumer une cigarette et prendre des bouteilles d'eau. Sous la tôle en Fibrociment du parking d'une aire de repos, ils se cherchèrent des mains, le moteur en marche. Se touchèrent. S'embrassèrent. Une fourgonnette se gara à l'emplacement voisin. Lorsqu'ils se tournèrent, de l'autre côté de la vitre, un petit garçon mangeait une glace en les observant. Ils lui adressèrent un sourire avant d'enclencher la marche arrière.

Ils n'étaient pas pressés.

Ils contournèrent la ville comme si elle n'y avait jamais mis les pieds. Elle vit défiler les sorties qui menaient à son quartier, la proximité de l'inatteignable, enfoncement de terre verte qui annonce la ria. Ils quittèrent le pays en suivant la vallée. Ils avaient roulé huit heures pour atteindre la frontière. Lui était content. Elle se perdait à travers la vitre. Ils n'avaient pas d'itinéraire précis. Ils se contenteraient de remonter la côte française. J'ai du mal à croire qu'ayant vécu toutes ces années ici tu n'y sois jamais allée te promener. Faut croire qu'on se fait happer.

Elle trouvait décevant une fois encore qu'il n'y ait pas de transformation radicale du paysage de l'autre côté de la frontière. Lui trouvait dangereux qu'elle posât ses pieds nus sur le tableau de bord.

Ils firent une halte à Bidart. Le village était joli, mais on en faisait rapidement le tour. Il restait un seul hébergement disponible, une chambre dans une maison à deux étages avec jardin. Le couchage occupait pratiquement toute la pièce. Tête de lit en laiton qui penchait en avant. Dessus-de-lit rêche en matière synthétique. Le drap laissait entrevoir les taches sur le matelas. Les volets peints en rose, dans la même teinte que les fleurs des arbustes qui ornaient la totalité de la clôture d'accès. La maison sentait les légumes bouillis à l'excès, le vinaigre, l'oignon frit. Ils avaient échangé le strict minimum avec la propriétaire. Ils ne l'avaient pas trouvée très aimable. Une simple transaction : voilà les clés, voilà l'argent. Ils s'endormirent aussitôt ; lui ne s'était même pas déshabillé. Elle se réveilla autour de minuit et ouvrit la fenêtre. On pressentait l'océan à quelques mètres seulement. Un chien reniflait les poubelles. Un homme pénétrait en titubant dans la maison d'en face. Le volet lui claqua au nez.

Le lendemain matin, tout était fermé et il leur fallut se passer de petit déjeuner. Elle réalisa qu'elle ne parvenait pas à s'exprimer en français. La langue s'était piquée de trous. Ils entamèrent leur ascension le long de la côte. Elle conduisait. Lui se laissait pousser la barbe, le soleil mordorait ses avant-bras. Iván avait-il accepté qu'ils écoutent l'un de ses disques lors de ce voyage ? Anathema, possiblement. Ça ne m'est pas très agréable. Un ramassis de cris. Je n'aime pas qu'on me crie dessus. Mais ils ne te crient pas dessus. Et d'ailleurs, qu'est-ce qui te fait croire que je trouve ta musique à mon goût, lui répondait-elle. Tu ne peux pas nier que c'est plus doux, que ça plaît à plus de gens. Eh bien moi, ça ne me plaît pas. Et dans la voiture nous sommes deux. Je ne comprends pas que quelqu'un comme toi puisse écouter cette musique. Comment ça, quelqu'un comme moi ?

Ils auraient aimé déjeuner sur la côte, au bord de l'eau, ils avaient envie de vin blanc très frais, d'une nappe à carreaux, mais tout avait été pris d'assaut. L'accès aux plages était impossible. Ils s'achetèrent deux sandwichs sous plastique qu'ils mangèrent assis dans le port. Ils appelèrent tous les hôtels. Pas une seule chambre disponible. Ni à Saint-Jean-de-Luz, ni à Biarritz, ni à Bayonne. Ils restèrent bloqués près de deux heures dans les embouteillages à la sortie de l'agglomération. Les familles faisaient la queue pour se rendre dans les magasins de bricolage, de jardinage, d'ameublement. Les touristes s'engageaient dans les bretelles d'accès aux plages. C'était un chaos de voitures en mouvement sous le soleil de midi.

Ils n'eurent d'autre choix que de s'enfoncer dans les terres. Le monde organisé, celui qu'elle rejetait, qui avait programmé ses vacances, profiterait sans eux du bord de mer et des restaurants, ferait sa sieste du mois d'août dans de petits hôtels avec vue sur l'océan. Mais pas eux.

Ils tombèrent sur un village qui s'étalait de chaque côté d'une route départementale. Elle repéra une maison d'hôtes. On y accédait par une porte commune à un restaurant et l'on montait aux chambres à travers un étroit escalier collé au mur. Le propriétaire leur tendit la clé. Il n'y eut pas d'enregistrement. Ce soir-là, ils dînèrent d'une axoa de veau trop sèche sur une petite place. En rentrant, ils eurent envie de boire un peu plus. L'homme s'étonna qu'ils veuillent autre chose que du vin. J'ai un cognac du temps de mon voyage de noces à Nantes, leur dit-il. Ils acceptèrent. Il attrapa un marchepied et s'empara d'une bouteille qui trônait sur une étagère. Il la tendit à sa femme, laquelle la dépoussiéra d'un coup de chiffon. Servit deux coupes étroites en verre taillé. L'alcool était épais et très sucré. Le couple leur tint compagnie. Iván était de plus en plus bavard. Elle traduisait de moins en moins bien. Il y avait un je-ne-sais-quoi qui brouillait la scène, qui s'immisçait insolemment dans les lieux, comme si cette pension s'était figée dans le temps à l'époque où cette bouteille avait été achetée et qu'ils étaient les premiers touristes dans une ville dont les frontières étaient restées closes. Le réel se disloqua.

Ils étaient ivres lorsqu'ils montèrent dans la chambre. Une lucarne donnait sur la partie arrière. De l'autre côté, les arbres aux branchages inextricables. Elle s'assit sur le rebord. Il entra dans la salle de bain. Mit du temps à en sortir. Il approcha et lui écarta les jambes. Il lui remonta la jupe noire jusqu'à la taille. Elle lui enlaça les épaules de ses bras. Leurs mouvements étaient lents, ils peinaient à se rapprocher, à s'éloigner aussi. Comme si le cognac avait entamé la cristallisation de ses sucres en un compte à rebours inarrêtable : en manque d'élan, ils se dégonflèrent. Désolé, dit-il, je suis trop bourré, les vieux nous ont empoisonnés. Ce n'est rien, répondit-elle, allons nous coucher. Le poids mort de son bras vaincu l'empêcha de fermer l'œil de la nuit.

Le lendemain, ils se réveillèrent avec la gueule de bois, avalèrent des tartines, du café et de l'eau à la même table que la veille puis s'en allèrent. Alors qu'ils partaient, une tempête éclata. La pluie soutenue d'Aquitaine pénétra leurs vêtements et leurs bagages. Elle glissa sur une flaque et finit trempée, elle se fit mal. Il chargea toutes les valises dans le coffre. L'aventure, ça n'a rien à voir avec ne pas savoir ce qu'il adviendra par la suite, lui dit-il. Ils sortirent une partie des vêtements mouillés et les étalèrent dans l'habitacle. Quelques kilomètres plus loin, il aperçut un panneau qui indiquait Macau. Pourquoi ce nom lui disait-il quelque chose ? Personne ne parla ce matin-là avant d'atteindre Bordeaux. Plus jamais ils ne se retrouvèrent nus de tout le voyage. Elle ne se rappelle plus exactement si c'est cette nuit-là que pour la première fois elle a ressenti ce vide, encore tout tendre, sous les millions de secondes qui composaient déjà sa vie avec lui.

Sur le trajet du retour jusqu'à Madrid, ni lui ni elle ne mit de la musique.

Si elle pense en ce moment à ce voyage d'il y a quelques années, c'est qu'elle le sent de nouveau, ce glissement quasi imperceptible de ce qui ne tourne pas rond et parce que la pluie, sur ses genoux, commence à percer à travers son jean. Le tissu lui colle aux cuisses comme une feuille de glace. Ses chaussures s'embouent et la semelle devient glissante. Feu rouge. Une femme sous un parapluie semble la reconnaître et se fend d'un hochement de tête qui n'est ni un sourire ni un bonjour, et auquel elle ne répond pas, car après dix ans d'absence il lui paraît impossible de remettre de l'ordre dans ce fatras de visages et de noms. La fille d'Adriana. La petite-fille de Ruth. Le village est une photographie floue et le geste de cette dame le seul indice de vie.

Elle regarde droit devant et fait mine d'ignorer la salutation. Elle ne se souvient de pratiquement personne. Comme si tout le monde s'était évaporé sans qu'elle prête attention à la débandade. Il n'y a plus un seul de ses amis. Si ce n'est une poignée de camarades d'école avec qui elle n'a plus d'affinités et qui s'évertuent en vain à organiser des retrouvailles. Et Jon, qui refuse de quitter ce village pour se trouver un autre coin où sauver ce qui est à bout de souffle. Tous sont montés à la ville ou sont partis plus loin encore.

L'acier est lassant, se dit-elle, l'acier et tout le reste ; puis elle passe une main sur sa tête pour tenter de plaquer ses cheveux qui frisent sous la pluie.

Le trottoir qu'elle remonte le long des voies de chemin de fer lui rappelle une autre photo : Iván, la petite Ruth et elle, tous les trois assis sur un banc, sur une passerelle surplombant les rails au départ et à l'arrivée des trains et des métros de Madrid. L'écran d'affichage : Ávila, Guadalajara, Alcalá de Henares. Une voix de femme exhorte en boucle les passagers à prendre garde à l'intervalle entre le marchepied et le quai. Changement de voie de dernière minute. Une marée humaine qui se démène pour atteindre son wagon. Je veux une glace. Il fait trop froid. On attend encore le prochain train et on s'en va. *Ama*, je veux *ama*. Puis les bras qui se hissent jusqu'à son cou. Arrive à eux l'odeur des moutures de café dans les bars du hall, de la pâte à gaufres épousant sa forme crénelée sur les plaques brûlantes, de la graisse qui lubrifie les attelages entre un wagon et le suivant. La nausée contenue des gares ferroviaires.

Humanité en fuite, vestes matelassées, bottes en similicuir aux talons bientôt tassés filant vers l'immense périphérie urbaine. Adieux au cœur de ville. Cités-dortoirs, comme chez elle, érigées dans les années 1950, murs de fausse brique qui s'ébranlent au passage du bus, réinvesties par une nouvelle génération de parents fraîchement paupérisés, appartements relookés aux allures nordiques en carton-pierre dans des immeubles trop légers. C'est là qu'ils vivent, loin de leur travail, loin des commerces. Tout le contraire de cette palpitation de place de village, de ce patelin presque meurtri et constamment terrifié, enchâssé entre la montagne et la mer.

Lors des premiers matins froids après la naissance de sa fille, elle fixait sans relâche le même carré de ciel par la fenêtre en lui donnant le sein. Puis s'abattait sur elle une angoisse inexplicable, quelque chose de physique, une inutilité des mains, tandis qu'elle posait le petit corps sur son épaule et lui tapotait doucement le dos. Elle cherchait sur internet comment nommer cette sensation, sans succès. Était-elle la seule femme à l'éprouver ? Elle observait la petite place ensablée de l'autre côté des barreaux, espace vide au milieu du quartier érigé derrière tel un casse-tête de toits et de cours, rangées de pots de fleurs et de murs, comme si un jour était tombé un cataclysme sur ce centre-ville et que personne n'avait osé reconstruire sur les ruines.

La mer lui manquait, voir la mer depuis la ville, écouter dans l'eau l'écho sourd de tous les bruits. Une ville qui comptait aussi ses cagoulés, ses gendarmes, son feu, ses corps jetés sur la chaussée, dans les yeux d'une fillette qui flotte sur la plage. Je ne veux pas en parler, je ne veux pas en savoir plus, disait-elle à ses amies lorsqu'elles commentaient les informations. En toile de fond, la montagne humide comme une parenthèse.

De l'autre côté de sa fenêtre, pourtant, la vie continuait de battre dans la banlieue de Madrid, un vieux marché couvert aux accès murés, des rideaux de fer baissés à jamais où l'on peut encore lire les noms de certains commerces. Poissonnerie, caviste, qui a perdu le *e*, crèmerie, bonneterie Santiago. On apprécierait tellement, pensait-elle, d'avoir quelque chose à portée de main, n'importe quoi, un homme ou une femme derrière chaque comptoir. Qu'on vous vende des conserves au vinaigre au bout d'une écumoire et un semblant de tendresse dans un cornet qui vous met l'eau à la bouche. Échanger trois mots de camaraderie entre bannis. Partager un peu de farine. Dire l'aîné a de la fièvre, je file. Je dois récupérer une robe chez le retoucheur.

Elle s'était mise un temps à l'écart des contrats sporadiques et de ses projets personnels pour s'occuper de la petite et en était arrivée à regretter jusqu'aux délais de remise. Le soir, il rentrait fatigué, jetait sa sacoche dans un coin du couloir et tendait les bras en ouvrant et fermant les poings pour prendre le relais. Sors, va faire un tour, achète-toi un livre, va voir tes copines. Mais elle n'allait nulle part. Elle se contentait de s'asseoir à côté d'eux, l'ordinateur ouvert sur les genoux. Mais alors, elle n'avait rien à leur raconter. À eux ou à qui que ce soit. Elle plongeait le thermomètre dans la baignoire, trente-six degrés, faisait cuire des légumes, al dente afin de préserver leurs propriétés, épluchait des quartiers de mandarine jusqu'à ne laisser que des pincées de pulpe luisante, chauffait le lait pendant quarante-cinq secondes exactement.

Elle les observait.

Lors de ces journées, elle pensait souvent aux femmes qui l'avaient précédée dans cette maison, avec leurs trois ou quatre enfants, le salon éclairé sous des lustres aux tulipes en verre, tous achetés dans le même magasin d'ameublement à l'angle de la rue, des lanternes avec arc-en-ciel dans les chambres des petits, le JT du matin affichant l'heure au coin de l'écran, un nouvel attentat, García Márquez Nobel de littérature. Le dîner qui est prêt parce que l'homme rentre et s'assoit sur le canapé en Skaï rouge, encore rapiécé aux angles avec du plastique. Puis, cet air chaud et sec, tranchant comme un couteau, typique de la Meseta en été.

Les enfants qui faisaient la queue devant le glacier. La sandale qui fatiguait sa semelle usée sur le bitume. Des femmes qui se parlaient d'un balcon à l'autre en prenant le temps d'étendre le linge, les sous-vêtements et les draps blancs d'un mètre trente-cinq parfaitement disposés sur la corde, les pantalons avec renforts aux genoux pour prolonger leur durée de vie, tandis que dans leur dos les pommes de terre collaient à la poêle. Et elles vieillissaient précocement à force de coudre, de laver, de vendre.

Ce soir-là dans la gare, la fillette montrait du doigt les engins : un train, puis un autre, un autre, un autre, telle une litanie sans fin. Que veux-tu faire quand tu seras grande ? Maman. Non, toi, quand tu seras grande. *Ama*. Peu importe. Tous les deux, parfois, ils s'embrassaient comme pour la photo, constat amoureux dans le tableau de la famille à trois ; ou bien joignaient fugacement leurs bouches plissées, frôlement des lèvres, aspérités sur la petite tête aux boucles claires qui continuait à crier en direction des locomotives. Elle observait l'horizon de voies ferrées par-dessus les épaules de son père. Ce samedi soir là, ils rentrèrent sans parler d'autre chose, la fillette sombra dans ses bras, bercée par le roulement du moteur, laissant audehors le froid d'un après-midi de janvier.

À la maison, la mettre en pyjama, lui installer un biberon entre les mains, l'entendre avaler jusqu'à la succion finale, avant de s'abandonner au sommeil, puis elle la borde et l'embrasse pour la nuit, regarde un film des années cinquante, un festival de courts métrages réalisés par des femmes, et s'endormir avant l'heure dans la longue nuit de l'hiver, la main serrant à peine la télécommande.

Elle retrouve ses esprits au passage d'un train qui siffle son entrée en gare, puis attrape son téléphone et ouvre le lecteur de musique. Elle a besoin d'un son qui la ramène à ce lointain après-midi. Elle ouvre un dossier où elle a compilé il y a un moment déjà toutes les chansons de cette époque. Elle enfile les écouteurs. Avec les premiers accords elle n'identifie pas, car elle n'écoute pas vraiment, le morceau qui démarre : *Ezagutu zenuen sumendia, etengabe su jauzian, itzaltzen doa orain*, le volcan que tu as toujours connu en éruption, aujourd'hui s'éteint.

Le ciel s'est éclairci et désormais le soleil blesse ses yeux bleus. En traquant l'ombre dans les rues du centre, elle réalise qu'elle s'est avancée jusqu'au portail de Jon, à proximité du pont ferroviaire, et sonne à l'interphone. Le trou par lequel coulent les voies lui permet d'apercevoir le côté de la maison, la mitoyenneté et le ferraillage, elle les imagine comme des personnages de jeu vidéo, occupants d'une habitation, chacun dans son rôle.

Elle n'est pas dupe, elle n'improvise pas lorsqu'elle sonne. Elle s'entête à mettre un point au néant. Elle ne sait pas trop pourquoi elle ne lui a pas envoyé de message avant, un préavis. Ainsi aurait-il pu refuser et lui éviter d'être encore plus ébranlée. Dis-moi seulement que tu n'es pas dispo et je comprendrai, parce que c'est jeudi, parce que tu as rapporté du travail à la maison et qu'il y en a partout sur la table, parce qu'il y a foot à la télé ou parce que tu es monté au verger ramasser des pommes avec des amis. Mais Jon, plutôt que répondre, se penche à la fenêtre et derrière lui Nora lui fait de trop grands gestes avec les bras, Adi, comment vas-tu. Elle est heureuse de la revoir. Bien, et toi. Elle réalise qu'elle crie un peu trop fort, que quelque chose entrave la communication et s'empresse alors de retirer ses écouteurs. « *Gather the faithful and propose a toast to the epoch of indifference.* » Au moment où se met en route *Ordinary Story*, de In Flames, l'un de ces nombreux groupes qu'ils appréciaient avant qu'ils ne déclinent à leur tour. Heureusement, se dit-elle, le son ne parvient pas jusqu'à eux.

Monte, lui dit Nora. Viens boire une bière. Beaucoup trop naturelle. Non, non, je me promenais simplement, besoin de prendre l'air, ça fait longtemps que je n'ai pas mis les pieds par ici. Une autre fois, promis. Je ne monterai pas, sans façon. Le portail ne tarde pas à s'ouvrir et à se refermer d'un coup dans le dos de Jon, qui sort en remontant le col de son manteau jusqu'au-dessus du nez. Si tu as prévu quelque chose, si tu dois rester, je comprendrai, lui dit-elle. Il l'attrape par les épaules en guise de réponse, la place dans le sens de la rue et tous deux entreprennent de la remonter côte à côte.

Tu as commencé à travailler sur ton projet ?

Oui, j'ai déjà fait une première séance d'enregistrement. Elle conserve des souvenirs très précis de toute cette époque et, pourtant, il lui arrive de me donner le nom de sa sœur. Ou bien, elle fond en larmes. Ou alors, elle part dans un fou rire. Alors j'interromps l'enregistrement. Il y a tant de choses à raconter dans cette seule maison que j'ignore si je serai capable de tout supporter. Parce que après, mais on n'y est pas encore, il y aura la maison de la marraine. Ça n'a rien d'évident. Ce que je veux dire par là, c'est que lorsque je te raconte qu'il est arrivé ceci, puis cela, et puis ça encore, toi tu me crois et tu ne remets pas en question la réalité des faits. Mais lorsqu'on le lit ou qu'on le voit à l'écran, on n'accepte pas les contradictions inhérentes à la vie, ses soubresauts, le mélange du banal et de l'extraordinaire, le passage brutal du bonheur à la tristesse sans raison et inversement. Comme s'il n'y avait pas lieu de sentir une chose et son contraire. Comme si pour nous en convaincre, il fallait limer d'une façon ou d'une autre tous les engrenages. Ne pas brusquer le spectateur avec des sauts d'écriture trop abrupts. Juste ce qu'il faut de violence, juste ce qu'il faut de tristesse. Nous nous montrons toujours plus exigeants avec la fiction qu'avec la réalité.

Jon lâche un petit rire qu'elle ne sait interpréter. Puis il s'essaye à lui donner la réplique, et ça sonne creux. Il y met du cœur, elle apprécie l'effort, mais ça tombe à plat. Lorsqu'il sourit, son expression se fend d'une cicatrice à la pommette.

Demande à ta mère si ce que raconte Ruth est vrai.

Mais elle ne parvient pas à lever les yeux du sol, les bouts de ses chaussures sont trempés. Ils ont fait le tour du village de ce côté de la baie. Déambulé entre les entrepôts portuaires : « *Zamaketariak Aurrera* !* » peut-on lire par-dessus un graffiti recouvert d'une fine couche de peinture blanche où l'on devine encore les lettres *ETA*. Une bâche blanche accrochée aux murs du port. Le visage de Salvador Allende qui flotte au vent : 11 septembre 1973. Des feux maîtrisés brûlent dans les hangars. « La manutention n'est pas à vendre, mais à défendre. »

* « Dockers en lutte ! »

Ah, je vois. Vous ne vous parlez toujours pas. Ce n'est pas possible, Adi, tu dois arrêter ça, c'est ta mère.

Je ne sais pas. Si seulement elle m'avait serrée dans ses bras à mon arrivée, je ne dis pas. Mais elle n'a même pas daigné m'attendre pour me voir. Je ne vais pas te mentir, je m'y étais préparée. Ou bien, si elle avait fait en sorte de m'en dire un peu plus à l'époque. Ou avant que tout cela ne m'explose à la figure. Je ne parviens pas à lui pardonner tout à fait. Parce que c'est un vide qui se creuse avec les années. Je le sais aujourd'hui mieux que jamais, depuis que j'ai une fille. Si elle avait pris la peine de s'asseoir avec moi et de me parler avec clarté, la fois où au collège on m'a envoyé à la figure que j'avais bien un père, que certaines personnes l'avaient connu et qu'il devait se trouver quelque part, à l'étranger, voire dans le village. Quand on m'a dit que j'étais la fille de… de quoi au fait ? D'un terroriste ? Comment étais-je censée m'expliquer ça. De quel terroriste ? Quel était son nom ? Son âge ? D'où venait-il ? Qui étaient ses parents ? Pourquoi ? Où était-elle lorsque j'ai eu besoin d'y réfléchir sérieusement ? Me laissant prendre la décision de partir à sa recherche ? Était-elle en train de me dire avec son silence, avec sa lâcheté, si tu veux ou non savoir, c'est à toi de choisir ? Comme si elle avait fait sa part. Qu'étais-je censée faire de cette culpabilité que je portais et qui n'était pas la mienne ? Si seulement elle était venue voir la petite. Si un matin, j'avais ouvert la porte et l'y avais trouvée face à moi. Ma mère. Et qu'elle m'avait seulement dit : Je suis venue t'aider. Ne te tracasse pas. Tu diras que ce ne sont pas des raisons, mais pour moi si. C'est lié à quelque chose de profond qui me concerne, et qui m'a empêchée d'aller de l'avant.

Est-ce que tu réalises à quel point vous vous ressemblez ? Tu ne peux pas tout lui mettre sur le dos, ni elle sur le tien. C'est ta mère, elle en souffre certainement.

Moi aussi j'en ai souffert. Je ne vais pas bien. Tout ce que je fais ici, me promener sur la plage, longer une aire de jeux, entrer dans une librairie du centre, me transporte à Madrid et je dois me rappeler quel est le sens de ma présence dans le village.

On peut en parler, si tu le souhaites. Je veux savoir ce qui se passe.

Je ne veux pas.

Je comprends.

Est-ce qu'il y a des canards par ici ?

L'ancien ruisselet qui coule à l'extrémité du village, entre la route et les terrains vagues de la zone industrielle, n'est plus un fossé toxique. Ce cours d'eau noire où il était interdit de venir jouer est devenu un alignement parfait de joncs abritant une famille de canards à proximité de la rive. Une piste cyclable sinue le long des berges et plusieurs couples de joggeurs défilent dans leurs chaussures fluorescentes. Plus loin, des jardins et le parking bondé, conçu pour dissuader les voitures de pénétrer dans le village. Disparue, la cheminée de la centrale thermique pointant vers le ciel, épinglant le lieu sur la carte, retirés, les dépôts de carburant jouxtant les abattoirs chevalins. L'endroit est méconnaissable, tu ne trouves pas ? Je le préfère comme ça, répond-il. Vraiment ? Alors elle s'arrête brusquement. Les bureaux de l'usine ne sont plus qu'un immeuble en ruine. Elle se souvient du jour où son grand-père était parti à la retraite, débarquant dans la maison avec un trophée factice : celui de meilleur menuisier. Les femmes lui avaient préparé un dîner de fête. Vous n'y pensez pas. Mais on avait ouvert une bouteille quand même et sa grand-mère l'avait pris dans ses bras. Tu te reposes maintenant, lui avait-elle dit.

Ils veulent en faire un centre social, l'entend-elle expliquer, avec des expos, des ateliers, mais la proposition ne voit pas le jour. Il faudrait le démolir intégralement, il tombe en ruine.

Derrière le bâtiment, s'élève la montagne. On va faire le tour, lui dit-elle. Elle dirige l'expédition vers sa partie arrière, péniblement, soulevant les jambes pour franchir les hautes herbes, grimpant légèrement sur le versant mouillé. L'humidité remonte par les jambes du pantalon, qui lui collent à la peau jusqu'à l'aine. Elle déteste la situation. L'épi de ses cheveux sur son front se hérisse également.

Mieux vaut ne pas entrer.

Elle n'ose pas le tirer par la main, aussi l'attrape-t-elle par la manche de sa veste et lui dit-elle : Allez, on y va. On y est allés mille fois. Je veux le voir à nouveau.

Leur respiration résonne contre les vieux murs, entre lesquels un jour ont été fondus les emblèmes mythiques de la ville, la balustrade de la plage, les lampadaires futuristes du pont. Sous leurs pieds crissent des morceaux de verre, et d'autres matériaux, des sacs plastique. Une table de chantier couverte de carreaux tient encore debout au milieu de la pièce principale. La lumière pénètre faiblement à travers les fenêtres hautes. Le bruit de la rue, les coups d'accélérateur, les cris des enfants dans le parc leur parviennent étouffés. Elle passe une main au-dessus des décombres, sans les toucher. Il s'appuie sur la table et croise les bras. Je n'arrive pas à le croire, que tu ne veuilles pas me dire ce qui t'amène ici. Je pensais à ça hier. Je comprends que tu ne veuilles pas parler d'eux, mais bon sang, c'est moi. Ne dis pas eux. Ce ne sont pas eux. Eh oui, c'est bien parce que c'est toi, puis elle s'installe, les hanches et les épaules face à lui. Il décroise les bras et se redresse.

Elle se plaît à le voir perdre sa contenance, comme dans ce bar obscur du centre, lorsque, faisant fi de tous ceux qui se trouvaient alentour, passablement ivre, il lui avait décoché une muflerie alors qu'elle venait de rencontrer Iván. Mais elle se souvient aussi qu'il y a un an il lui a dit ne viens pas, précisément quand elle en avait le plus besoin. Préférant, en ce qui le concerne, éviter une rencontre désormais très malvenue. Une rencontre, une visite, grâce à laquelle elle aurait conjuré une fraction de son angoisse. Grâce à laquelle elle aurait pu meubler ce désarroi d'étagères pleines de photos de Jon et Nora, le pot à fleurs dont la terre conserve les empreintes de la femme, leurs vêtements humides, suspendus en vrac devant la fenêtre de la cuisine. Si lui n'avait pas dit ne viens pas, elle serait allée humer cette autre ambiance et se serait épargné de faux espoirs. Elle aurait souhaité rentrer chez elle et tourner la page.

Mais à présent ils se tiennent très proches l'un de l'autre et glissent vers l'issue la plus prévisible. Ce serait le moment de faire un pas en arrière. Ils respirent. Se rangent face à face. Ils semblent dire te voici, ils se jaugent. Ils semblent dire je te comprends, je te connais, moi aussi je sens vibrer cette corde, l'épicentre qui se tend, tout comme toi. Mais ni l'un ni l'autre n'engage la manœuvre, n'approche ni ne s'éloigne distinctement, n'abîme la posture.

Ils ne fléchissent pas. La réalité se fait élastique. Il lui semble même qu'elle a mal aux yeux à force de le dévisager dans la pénombre. Cette faim qu'elle traîne, cette désolation. Mais elle reste très sage, elle ne voudrait pas l'effrayer. Elle contrôle chacun des petits mouvements de son corps. Elle sent un poids invisible sur ses épaules qui l'enfonce dans la terre, au milieu du verre brisé.

Cependant lui s'approche légèrement, il reconnaît son odeur et le lui dit. Il m'arrive de me retourner en pleine rue frappé par cet effluve au passage d'une femme. Elle ne répond pas. À cet instant, elle voudrait qu'il prenne les choses en main : qu'il la tire à lui par le revers de son manteau. Voilà qu'il le fait. Qu'il la retourne contre la table, que ce soit elle qui perde le contact de ses pieds sur le sol. Qu'il continue de la surplomber et que jamais, sous aucun prétexte, il ne baisse le visage. Parce que sinon, elle reconnaîtrait la peau tout en haut de son torse. Il ne baisse pas le visage. Elle ferme fort les yeux, car elle redoute ce qui va arriver, plonge sous son menton. Elle comprend les signes qui précèdent la tendresse, mais ne calcule pas. Alors qu'elle ne l'attend plus, et qu'il la porte légèrement à bout de bras, il ouvre la bouche et l'embrasse par deux fois, puis il l'éloigne d'un coup. Il attend qu'elle ait posé les pieds par terre tout à fait et l'observe, avant de plaquer ses mains sur sa poitrine, de l'encadrer de ses grands doigts. Elle ouvre son manteau et baisse la braguette. Il force le passage entre la ceinture et son ventre, le visage tout proche du sien, les tempes collées. Très vite, il tire sur sa main restée libre, tremblant, très vite il serre les lèvres, rouvre la bouche pour reprendre son souffle, lève les yeux avant de retomber sur son épaule.

Elle reste sans bouger, statufiée et très triste face à cet homme qui ne dit plus rien, qui a largué toutes les tensions et qui affiche le regard le plus terrifié qu'elle ait jamais vu.

Il fait quelques pas en arrière. Tandis qu'elle l'observe qui se rhabille, elle ne comprend pas pourquoi il est toujours apprêté comme s'il allait gravir des montagnes à la verticale et vaincre des sommets. Ils se retirent. Elle secoue la poussière attrapée sur la table. Il lui dit pardon, mais aussi que ce n'est pas entièrement de sa faute, lui dit une série de choses qu'il vaudrait mieux taire. Elle est, dans le fond et dans la forme, seule, contrairement à lui. Lui ne l'est pas. Il a Nora. Ce n'est rien, lui répond-elle. On s'est seulement rapprochés, pour se dire qu'on est vivants. On n'a fait que se prodiguer un peu de chaleur.

Mais elle sait parfaitement qu'en quittant les lieux il sentira naître en lui la culpabilité, qu'il voudra lui dire aussi, à chaque ébauche de conversation, de se taire, qu'il ne voudra sans doute plus la revoir. Elle incarnera une situation gênante, un danger, un écart de conduite. C'est pourquoi il lâche simplement, bien joué, nous amener ici précisément et pas ailleurs. Puis une fois dans la rue, elle se colle à lui et le prend par la main, celle-là même qui a attrapé son autre main, rentre chez toi, lui dit-elle, tu verras, c'est déjà oublié. Elle l'embrasse lentement et douillettement sur la joue. À bientôt. Ce n'était qu'un peu de tendresse. Ce n'est rien. Tout va bien. Elle ne conservera de tout cela que le souvenir délicat d'une langue qui presse sa langue, obtenant de ses vertèbres qu'elles se tordent en sens inverse, parfaitement insolvables.

Lorsqu'elle arrive à la maison, elle pense utiliser la clé que sa mère lui a laissée sur le buffet de l'entrée peu après son arrivée. Mais devant la porte de l'appartement elle décide d'appuyer sur la sonnette. De l'autre côté, il y a sa mère. Elle observe définitivement son visage, l'observe frontalement, droit dans les yeux. Le visage de sa mère en proie à une fatigue nocturne et grise. Est-ce qu'elle a rétréci après toutes ces années ? Qu'est-il arrivé, maman ? As-tu été triste, malade ? Combien de fois cette femme lui avait-elle ouvert la porte et, sans qu'aucun mot soit échangé, avait-elle deviné qu'elle avait pleuré, qu'elle avait la tête ailleurs, qu'elle mentait. *Ama*, dit-elle. Je n'arrête pas de penser à ma fille. C'est comme un marteau intérieur. Sa mère la saisit par le poignet et la tire jusqu'à elle. Au milieu de la nuit, elle soulèvera les draps qui bordent le lit de sa mère et s'y glissera. Raconte-moi, lui dira-t-elle.

9

TACHES DE NAISSANCE

(Adriana)

Je ne l'enlace pas alors que j'en meurs d'envie. Elle ne le fait pas non plus. Nous actons simplement notre présence commune. Étendue à côté d'elle, je fixe le plafond, immobile. Je tourne la tête et, ainsi posée sur l'oreiller, à quelques centimètres de la sienne, je hume sa nuque sans oser me rapprocher. Je lui présente des excuses sans les formuler, j'ai un pardon coincé dans la gorge, comme un nœud, dans son dos, lorsque je réalise qu'elle examine, en passant un doigt sur les titres, à la lueur du lampadaire qui s'introduit dans la chambre, la pile de livres que j'entasse sur ma table de chevet.

J'observe sa tache de naissance : une grappe de raisin rouge accrochée aux cervicales. Quand elle était petite et que je n'arrivais pas à dormir, je m'allongeais à ses côtés et plongeais le nez dans ce creux douillet à l'arrière du cou, à la naissance des cheveux. J'éprouvais une certaine culpabilité à m'approprier cette sérénité enfantine pour tromper mon demi-sommeil. Ce sommeil chaud et à découvert, le ventre souple, exposé, les poings détendus. Le matin, je retournais dans mon lit, pour la voir débarquer à son tour en m'expliquant qu'il y avait de la lumière à la fenêtre. Il est quelle heure, maman ? Sept heures et demie. Et on fait quoi à cette heure ? On peut se lever ? Il fait jour. Pas encore. Mais il était trop tard pour faire marche arrière. Bavoir, lait chaud et ses pieds suspendus sur la chaise haute, la voix mal assurée de qui signale le premier rayon du jour.

Je sens la profondeur de sa respiration, il me semble qu'elle est parvenue à s'endormir. C'est alors qu'elle dit : Parle-moi. Raconte-moi. D'abord je doute qu'elle s'adresse à moi. Parle-moi, *Ama*, parle-moi maintenant. J'observe ses omoplates, te dire quoi, mais elle ne répond pas. Elle veut s'endormir en m'écoutant. Bercement, roucoulement, *sehaska-kanta**. Que pourrais-je te raconter, *maitea***. Voyons voir.

Cette marque, la tache saumon sur ta nuque, tu es née avec. Lorsqu'on t'a placée sur mon ventre, ce n'est pas vrai que j'ai compté tes doigts de mains et de pieds comme font, à ce qu'il paraît, toutes les mères. J'étais si jeune que ça me suffisait, que tu respires sans assistance. Je t'observais jour et nuit et comme

* « Berceuse ».
** « Ma chérie ».

tu dormais sur le ventre, je l'ai aperçue. J'ai écarté ta chevelure, tu es née avec de longs cheveux noirs, et l'ai trouvée. Mais sais-tu ce que sont ces marques en réalité ? Tu ne sais pas, comme tu ne les vois pas, tu n'y penses pas. Un excès de sang. Des veines éclatées. Multiplications capillaires. À l'hôpital, on m'a dit que c'était la marque laissée par le bec de la cigogne. On les appelle aussi baisers d'anges quand elles se trouvent sur le visage. Mais celles-ci finissent par disparaître. La tienne n'a pas bougé, elle a seulement grandi, et s'accroche à ta nuque. J'ai remarqué que lorsque tu pleurais ou que tu avais de la fièvre, la tache devenait d'autant plus rouge.

J'ignore quelle distance sépare réellement le passé du présent. Est-elle faite d'années uniquement ? Cette mesure artificielle qui nous sert à compter les saisons et les jours. Et qui prétend enfermer dans un nombre tout ce qui nous arrive. Il y a quarante ans. Il y a vingt ans. Cinq. Pas plus tard qu'hier. Est-ce ainsi ? Avons-nous laissé filer le temps ? Ou bien la distance se mesure-t-elle à l'aune de ce que nous avons vécu ? Une maladie qui entame à jamais la joie des bien portants, des non-souffrants. Une naissance, la photographie du bébé blotti dans le giron de sa mère offrant à sa bouche un sein chaud sur un drap d'hôpital. Ou alors, peut-être, est-ce l'irrémédiable, le coup porté à la mémoire avec plus de force qu'à l'accoutumée, le balisage du chemin menant à la fuite continue, oui, ou la décision de mener à terme une grossesse. Sont-elles irréversibles, les peines que nous infligeons à nos parents ? Qu'est-ce donc qui ne saurait être réparé ? Quoi donc.

Sur le mur pend de travers un cadre avec une photo de nous deux, prise sur le pont du Rialto. Nos têtes affleurant par-dessus la balustrade. Son regard se dissimule sous une boucle orange récemment décolorée. Et moi qui ne souris pas. Nous venions tout juste de nous disputer. J'étais allée la voir en Belgique, quatrième année d'études, je lui apportais un disque qu'elle n'écouterait jamais, puisqu'il n'y a pas de batterie, *ama*, un livre qui ne l'intéressa pas, quelques vêtements neufs. J'avais remplacé la cafetière et récuré à fond la cuisine de leur collocation d'étudiants. L'eau croupie au fond du verre en plastique où séchaient les couverts comme un nid à bactéries. Le four emplâtré de fromage durci pendant des mois. Cette odeur que dégage le pourrissement des pommes de terre. Viens pas fourrer ton nez là où on ne t'a pas sonnée. Arrête de toucher à tout. Je refuse que tu viennes me surveiller. C'est ma vie.

Je continue à lui parler. Les Grecs s'employaient à lire le passé, le présent et l'avenir dans les taches de naissance des bébés. Jusqu'à il y a peu, on pensait que ces taches étaient les marques d'une réincarnation, des cicatrices qui apparaissent sur le corps comme des vestiges d'une vie antérieure. Si quelqu'un était mort violemment, une marque restait gravée sur sa peau pour sa prochaine vie. Si la marque se situait sur la nuque, comme la tienne, l'attaque avait probablement eu lieu par-derrière.

Ben voyons, *ama*.

Mais si, je l'ai lu quelque part. Je ne dis pas que c'est la vérité, seulement qu'on y croyait.

Alors, fendant la pénombre, je perçois une brève convulsion de son corps. Elle hausse les épaules et porte une main à son visage, on dirait qu'elle retient un rire. Est-ce que c'est bien ça ?

Adi, lui dis-je, qu'y a-t-il.

Ce que tu peux être maladroite. Sérieusement, après tout ce temps, tu choisis de me raconter cette histoire d'enfants attaqués et traumatisés jusque dans leurs vies futures ? Vraiment, *ama*. Tu veux me parler de ça. D'enfants qui sont morts et qui pourraient être moi parce que j'ai la même tache, dit-elle.

Elle rit franchement.

Et moi je ris avec elle.

Puis s'installe un silence très dense. Alors : Ton père avait la même tache, lui dis-je.

Adi ne parle plus.

Je la laisse seule parce que maman remue à l'autre bout du couloir. Je me lève et j'allume dans sa chambre. Je la vois qui tente d'ôter son pyjama. Elle a les deux bras coincés dans son haut, les manches vides. Elle me demande de la libérer, elle ne veut pas être là.

Une tache d'urine s'étend sur les draps.

Je mettrai plus d'une heure à changer les draps, retourner le matelas sur son sommier, le protéger avec une alèse propre, la déshabiller et lui mettre un autre pyjama, attendre qu'elle se rendorme, lui donner de l'eau et un cachet, fumer une demi-cigarette qui m'asséchera la bouche et revenir me coucher. Adriana, me dit ma mère, merci ma fille.

Quand je reviendrai au lit, Adi n'y sera plus.

10

C'EST LA PETITE

(Ruth)

On ne mangeait que de la confiture de groseilles avec du pain, et du pain avec de la confiture de groseilles. Matin, midi et soir. Et si on nous donnait autre chose, alors moi je n'en ai pas le souvenir. J'imagine qu'on devait bien nous donner autre chose, non ? Je n'en sais rien.

Les vaccins ont causé de la fièvre à pratiquement tous les enfants. On vivait en France, à Macau, du moins jusqu'à ce qu'ils décident ce qu'il adviendrait de nous. On a souffert de diarrhées et de fièvres qui duraient plus d'une semaine. On était une armée d'enfants convalescents et pitoyables, fantômes maigres et cireux en transit vers on ne sait où. Des centaines d'enfants malades séparés de leurs parents.

On prenait soin de nous, bien entendu, mais nous étions trop faibles. Et nous n'en menions pas large. Et puis, même si nous étions logés et nourris, cela n'enlevait rien au chagrin qui nous collait à la peau.

Bien qu'encore petits, on avait connu le danger et on suivait attentivement les conversations de caserne. On savait quelles villes étaient tombées. Qu'à Paris était exposé le *Guernica* de Picasso. Un an après le début de la guerre, on a allumé la radio et entendu un ministre qui encourageait ses troupes. On savait que c'était une chose exceptionnelle. Et que nous étions des apatrides. On ne savait pas grand-chose, mais on était pleinement conscients d'avoir la poisse collée aux basques.

Est-ce qu'ils renvoyaient chez eux les corps des enfants morts ? Et comment s'y prenaient-ils ? Je ne m'en souviens pas.

Mes genoux étaient sans cesse à vif pendant toute la durée de notre séjour dans la caserne. Écorchure sur écorchure. Une croûte se formait sur la précédente. On jouait du matin au soir, sans répit. À cache-cache, aux cartes, à la corde à sauter, au trut. On nous a appris le déplacement des pièces du jeu d'échecs. Mais moi, je ne tenais pas en place et je trébuchais sur les pavés déchaussés du préau. Tous les jours, Amelia passait mes cheveux au peigne fin pour y débusquer des poux, comme le lui avait demandé ma mère.

Petit à petit, de nouveaux réfugiés sont arrivés, venus d'ailleurs. Des adultes également. Une femme nous a dit qu'elle avait aperçu ma mère qui patientait dans la queue pour obtenir une place sur un bateau. Amelia et moi, on l'a cherchée partout. On a scruté le visage de toutes les femmes vêtues de noir qui venaient d'arriver. Alors, la femme a montré du doigt une vieille dame. C'est elle.

Sauf que ce n'était pas elle. C'était une pêcheuse qui ne lui ressemblait même pas. Les gens perdaient la boule. Plus tard on nous a dit que notre mère était retournée à la maison. Mais personne ne nous donnait des nouvelles d'elle ou de Matías.

Je ne m'intéressais pas à l'avenir.

L'avenir, qu'était-ce ? L'avenir n'était rien.

Quand on est tout petit, un mois représente une partie très conséquente de la vie. L'avenir met un temps fou à venir. Pas une nuit sans que Félix, un enfant qui dormait avec nous parce qu'il était seul et qu'il était du quartier, appelât sa mère en criant. Amelia, qui dormait dans le lit au-dessus du sien, tendait un bras et lui caressait le dos en disant, ce n'est qu'un cauchemar, rendors-toi, tu as fait un rêve, mais on savait toutes qu'il ne dormirait plus avant la nuit suivante.

Le pire était que le petit avait raison, ce n'était pas un mauvais rêve. La vie réelle, ce qui nous arrivait tous les matins lorsqu'on ouvrait les yeux, c'était qu'on vivait dans un bâtiment militaire situé quelque part, que dans notre pays se déroulait une guerre et que nos parents pouvaient être vivants ou morts depuis qui sait combien de temps sans qu'on en sache rien.

Nous séjournions là-bas depuis bientôt un mois lorsqu'on est venu nous chercher. Nos valises étaient toujours prêtes au cas où. Les cinq enfants de la bande que nous étions sont allés se cacher derrière un énorme vaisselier d'angle qui trônait dans un coin. On savait qu'on partirait un jour, mais on ignorait où.

Pauvres hères.

Nous voulions rester ensemble. On était une petite famille. Nous ne voulions pas être séparés. Tu sais à quel point les amitiés sont fortes entre les enfants. Mais on n'était pas bêtes. Ils parlaient de Russie. Ils parlaient de Moscou. Ils parlaient de l'Armée rouge. Et on ne savait pas du tout où situer tout cela. Mais pour nous ça évoquait le froid, la neige et l'orphelinat. Ça évoquait une faim plus terrible encore.

Personne n'avait plus de douze ans. Mets-toi à notre place, toi qui à dix ans n'allais même pas chercher le pain toute seule. Eh bien, on est restés toute une journée cachés derrière ce meuble. Jusqu'à ce que l'un des commissaires réalise que le vaisselier n'était pas tout à fait où il devait être et le déplace. Et nous surprenne, tremblant nerveusement, riant de notre propre bêtise. Puis on s'est mis à pleurer comme un seul homme. Félix s'était fait pipi dessus et aussi autre chose.

Le lendemain, on nous mettait dans un train. Désormais, on était les derniers. Le capitaine a déclaré : ceux-là partent pour Moscou et ceux-là pour la Belgique. Amelia se trouvait dans un groupe et moi dans l'autre. Elle a dit que ce n'était pas possible, que notre mère allait la tuer si on nous séparait. Alors on nous a gardées ensemble. Les autres ont été envoyés en Russie. Et nous à Bruxelles. On ne savait pas plus où se trouvait la Belgique. Ça nous était parfaitement égal. C'était la première fois de ma vie que j'entendais ce mot.

Je pensais presque tout pour la première fois.

Maintenant, j'ai l'impression de tout penser pour la dernière fois.

Les Français se rendaient en gare pour nous voir passer. *Mangez, mangez**. Puis ils se touchaient la bouche en joignant le bout des doigts – le geste de manger – en même temps qu'ils nous jetaient de la nourriture. Mais nous, ce qu'on voulait c'était boire. On avait très soif. Je m'en souviens bien. La gorge très sèche.

Était-ce vrai que l'on avait soif ?

On se blottissait l'une contre l'autre, mais les garçons grimpaient aux filets à bagages et faisaient un tour sur les wagons. Je n'ai pas le souvenir d'avoir franchi une frontière. Puis, arrivés à Bruxelles, on nous a fait prendre un car jusqu'à la Casa de España. Je ne saurais dire combien d'enfants il y avait là. On était très nombreux. On a logé chez M. Fernández jusqu'à ce qu'on nous assigne un foyer. Il avait collé

* Tous les mots en français et en italique suivis d'un astérisque sont en français dans le texte.

deux lits côte à côte, on y dormait à plusieurs. Enfin on pouvait se laver et faire une nuit complète. Ils se sont montrés très aimables avec nous.

Quelques jours plus tard, on nous a fait mettre nos derniers vêtements propres. Frange et raie au milieu comme toujours, telle que tu me vois sur les photos. J'étais plutôt jolie. On nous a conduites jusqu'à la maison qui devait être celle d'Amelia. M. Fernández m'a dit : Je veux que tu saches où va vivre ta sœur. Il fallait gravir une petite échelle avant d'entrer.

Ça devait être une épreuve.

M. Fernández a frappé à la porte et une femme est apparue. Je vous amène la petite Espagnole, a-t-il dit. La femme a répondu par un sourire. Ma sœur Amelia nous a devancés de quelques marches. Elle jetait des regards en arrière et tout autour tandis que je voyais ses yeux se remplir de larmes. C'est alors qu'une fillette dans des habits bleu marine, aux cheveux d'une blondeur presque blanche coiffés en arrière, chaussures brillantes, chaussettes hautes, la taille fine et les yeux très écartés, je ne l'oublierai jamais, ah ! ça non, est sortie de la maison et s'est plantée devant sa mère. Non, s'est-elle mise à crier, je ne la veux pas ici, *Les Espagnols, dehors**, non, non, non. Ma sœur a reculé d'un pas dans l'escalier nous obligeant à la rattraper. C'est alors que le délégué a dit : tout va bien, on repart, ne vous inquiétez pas.

Cette satanée petite fille aurait pu y réfléchir à deux fois avant de faire son numéro. Mais c'est ce qui pouvait nous arriver de mieux.

Là-bas les maisons ne sont pas comme les nôtres. Elles ont toutes un jardin. Et dans le jardin il y a des arbres et les arbres font des fruits qui finiront en tarte ou pressés, ou déshydratés et trempés dans le chocolat. Leurs villages non plus ne ressemblent pas aux nôtres. Là-bas, les gens aiment là où ils vivent. Contrairement à ici. Je ne dirais pas qu'ici on n'aime pas notre terre. Loin de moi cette idée. C'était une petite localité, comme la nôtre, et on y travaillait également les métaux et l'extraction du charbon. On n'a pas eu à regretter la vue des cheminées.

Un village situé dans une plaine du sud du pays. Châtelineau vient du mot « châtelet », qui est un petit château en français.

On a marché un long moment jusqu'à atteindre une rue très longue. M. Fernández a sonné à l'une des portes.

Voici la vôtre, madame, a-t-il dit, *c'est la petite**.

La femme a dévalé les marches et m'a serrée fort dans ses bras. Puis elle s'est mise à pleurer. J'aspirais le parfum doucereux de son chemisier blanc. Elle a trempé mes cheveux de ses larmes.

On lui a rapporté ce qui était arrivé à ma sœur dans la première maison, à la suite de quoi Élise s'est engagée à prendre Amelia également. Eh oui, c'est comme ça qu'on s'est retrouvées toutes les deux chez elle.

Je préfère m'arrêter là. Rien que de prononcer le nom d'Élise…

LE LIMON

11

ADRIANA

Elle lève les bras et les passe derrière sa tête. Avec ses doigts, elle répartit ses cheveux en trois mèches et commence la tresse.

Le bruit de la télévision est une rumeur domestique apaisante qui la plonge dans un calme atavique, assimilé au fil des nuits de sommeil sur ce fond sonore. Mais ce n'est pas pour autant qu'en ce jour son cœur est en paix. Jusqu'à elle parviennent certains jingles aigus qui consacrent les bonnes réponses et certains accords comiques les mauvaises, psychédélisme cathodique éclairant le sol du couloir : sa mère écoute un jeu télé en corrigeant des épreuves de français.

Adriana, tu veux bien m'apporter de l'eau ? lui demande-t-elle.

Arrivée au bout de sa tresse, elle aperçoit une mèche rebelle qui s'est échappée et qu'elle tire et relâche plusieurs fois avant de l'enrouler finalement dans l'élastique. Celle-là même qu'il adore toucher, chaque fois qu'il l'attrape par le cou de sa main ouverte, tantôt froide, tantôt tiède, avant d'approcher sa tête très près de la sienne.

Elle n'ose pas affronter son reflet dans le miroir de la salle de bain : les yeux ne mentent pas, bien qu'ils lui paraissent identiques à ce qu'ils sont d'habitude. Cependant, elle veut se voir, ne serait-ce qu'une fois, ainsi la vue de son visage par en dessous lui révèle-t-elle deux cernes noirs. Elle n'a pas beaucoup dormi.

Elle porte une chemise en flanelle à carreaux verts et rouges qu'elle jettera ensuite, ne supportant plus de la remettre, un jean usé dont le dernier bouton ne ferme plus, et une paire de bottes en caoutchouc qui un jour ont été blanches, avant la marche qu'ils vont faire ce soir, avant toute cette gadoue.

Dans sa chambre, elle enfile son imperméable vert. Elle respire profondément, ses côtes s'ouvrent en direction du plafond, l'air se répand au-dedans, mais sous les vêtements son cœur ne ralentit pas. Elle griffonne quelques mots sur une feuille pliée qu'elle glisse sous le matelas, au cas où. Il est pour elle un éternel au cas où. Mais elle n'est pas taillée pour l'incertitude.

Elle pose avec fougue le verre d'eau sur la table et en renverse un peu. Elle doit nettoyer à présent ; elle passe sa manche sur les gouttes et prend rapidement congé de sa mère, laquelle dodeline de la tête en signe de réprobation devant son geste, ne rentre pas tard. Ne rentre pas tard, lui dit aussi son père, qui jusque-là somnolait la tête appuyée sur ses poings au-dessus de la table. La maison se referme derrière elle, retenant l'odeur du détergent qui a servi à frotter les sols et le bouillonnement du pot-au-feu de midi.

Elle descend sans se presser. La semelle de ses bottes de pluie qui grincent sur les marches. Ses genoux qui ont du mal à la soutenir fermement. Dans la cage qui structure l'escalier résonne l'écho des pas qui claquent : un, deux, trois, quatre, cinq, six et sept. Elle pourrait le dévaler les yeux fermés. Elle se rappelle son père tout en haut des marches : Tu veux voir comment je vole, Adrianita ? Tu veux voir ça ? Oui ! Son père projetait alors ses bras jusqu'au milieu de la rampe et s'élançait dans une longue foulée jusqu'à retomber pieds joints sur le palier. L'impact résonnait dans tout l'immeuble.

Arrivée dans le hall elle jette un œil à la boîte aux lettres : le nom de sa mère, celui de son père et le sien. Elle les effleure du bout des doigts. Puis assène un petit coup de poing au carton sur lequel ils ont été écrits. Elle pose une main sur la poignée de la porte, avance son visage jusqu'au verre dépoli, y appuie aussi son front, et le froid et le contact dissipent momentanément sa migraine. De l'autre côté de la vitre trempée, la rue lui apparaît comme floutée, et c'est tant mieux, parce qu'elle-même sent ses contours se brouiller. La boulangerie et le bar sont des coups de pinceau impressionnistes.

Il n'y a personne.

Elle ouvre la porte et traverse la rue d'un pas décidé. Elle se retourne brièvement, son immeuble ploie lentement mais sûrement sur la construction voisine et récente qui le soutient.

Elle lève les yeux vers les fenêtres de son appartement et voit sa mère qui se redresse et allume les lumières du salon : en hiver le soir tombe hâtivement et dans la brume. Elle pousse jusqu'à la route. S'engage dans le passage souterrain qui traverse la nationale. Quand elle refait surface, l'air chassé par le passage d'un train de marchandises soulève les pans de son imperméable. Elle observe les maisons. Une femme en tablier, perchée sur un balcon, frotte énergiquement une serpillière contre son mur noir. C'est peine perdue, pense-t-elle, nous sommes imbibés de suie. Elle culpabilise quelques secondes d'avoir laissé cette pensée détourner son attention de ce qu'elle s'apprête à commettre.

Elle marche sur le trottoir, le long du mur en brique qui sépare la voie ferrée de la route. Les voitures roulent au pas à sa droite. Juste avant d'atteindre la passerelle en fer forgé, elle enjambe la clôture et atterrit sur les quais. Petite, on lui interdisait d'emprunter ce pont pour rejoindre la rive opposée, toute cette rouille, salpêtre sur salpêtre, disait Ruth, tôt ou tard il va s'écrouler et avec un peu de chance au passage d'un train qui nous anéantira tous. Alors nous n'aurons plus que nos yeux pour pleurer.

Elle n'avait pas tort : comme si nous n'avions jamais remarqué l'incurie, la corrosion, la goutte d'eau qui tombe du haut du pont, le sol percé et défoncé par l'usure au passage des marins, comme si nous n'étions pas au courant qu'ici n'importe quelle structure a les veines pourries d'humidité.

Ayant traversé la moitié des voies, elle sent la pluie qui se met à tomber et remonte alors sa capuche. Au moment de lever les mains, elle observe deux hommes qui s'élancent dans son dos. Le sternum s'aiguise, la mandibule broie. Serait-ce des gardes ? Ou alors c'est eux, exposés à la vue de tous ? Elle sent monter une envie de pleurer. Elle voudrait rentrer et s'enfermer dans la salle de bain. Elle jette un œil par-dessus son épaule et constate qu'il s'agit d'un très jeune garçon et d'un homme âgé qui pressent le pas. Ils la dépassent, lui disent bonjour et tracent leur route. Elle aspire la fumée de la cigarette qu'exhale l'un des hommes et qui se mêle à sa propre buée.

Elle progresse collée contre les wagons afin d'échapper à cette averse de plus en plus drue. Elle les compte et se tapit entre deux conteneurs. Il ne devrait pas tarder à se montrer quelques voies plus loin. On se verra comme ça. Je dois te parler, dit-il. Mais je n'irai pas seul. Tu comprends. Eh bien, ne viens pas seul, lui répondit-elle, seulement, moi je ne veux parler qu'avec toi.

Mais elle doute d'elle et se dit qu'elle n'était pas suffisamment concentrée au moment de compter, qu'elle a raté l'endroit convenu. Elle rebrousse chemin et recommence. Ce que tu peux être bête, Adriana, réfléchis. Le talon de sa botte trempée glisse sur un rail et l'entraîne dans une chute entre deux voies, sa tête heurte un attelage de wagons. Elle se relève et se tâte le corps. Elle n'a rien. Elle vérifie le ventre et la tête. La douleur monte le long des muscles refroidis après la marche, lui tirant des larmes silencieuses. Pourquoi faut-il qu'elle soit venue. Elle réalise qu'elle a perdu de vue les deux hommes, où sont-ils allés.

La lueur des réverbères du port ou de la route ne pénètre pas jusqu'à l'emplacement où elle se tient. Seuls les phares d'une voiture dans le virage parviennent à jeter une lumière sur elle de temps en temps. Lorsque ses yeux se sont adaptés à l'obscurité et qu'elle fixe le regard, ou qu'elle réussit à respirer et à regarder droit devant, elle distingue la présence de trois hommes. Trois silhouettes figées sur un fond de nuit. Elle cherche dans son sac en cuir la lampe torche. Ses mains tremblent. Elle se remémore le signal. Allumer puis éteindre. Allumer puis éteindre plus lentement. Allumer puis éteindre plus lentement encore. Et même si elle l'attrape aussitôt, froide et métallique, elle diffère autant que possible, car elle sait que les lumières déclencheront la scène. Combien de temps peuvent durer dix secondes ?

Elle inspire longuement et sort la lampe. Elle se souvient de son père dans la maison saisissant cette même lampe de poche à chaque coupure de courant, ne bougez pas, c'est trop vous demander de rester sages un instant ? leur disait-il.

Alors, elle ferme les yeux et procède au clignotement convenu. La lumière percute par intermittence le corps des trois hommes dans le cliquetis sec de l'interrupteur qui coulisse sur le côté du boîtier. Quand tout redevient obscurité, les hommes se détendent et l'un d'eux approche : c'est lui.

Ça fait des semaines qu'elle ne l'a pas vu. Elle ne distingue pas ses traits, ni même son galbe, mais elle sourit comme si lui pouvait la voir, d'une moue difficile, la plus difficile de toutes, une expression dont elle gardera le souvenir et la détestation jusqu'à la fin de ses jours.

Je ne veux plus le faire. Je ne veux plus participer. Je ne veux plus rien traduire. Ni rien savoir. Ça n'a plus de sens. Ce n'est pas moi. Ce n'est pas pour moi.

Adriana.

Pourquoi prononce-t-il son nom, comme s'il faisait le constat que ces lettres la définissent et qu'il voulait la nommer une dernière fois. Il lui tend un livre. Plusieurs feuilles pliées se trouvent à l'intérieur. Des adresses sans doute, des instructions, mais elle n'en veut pas.

Je t'ai dit que c'était fini, insiste-t-elle. Je ne veux plus de ces rendez-vous ni rien savoir. Elle cache ses yeux, se bouche les oreilles, mais la réalité s'insinue par un autre de ses sens, la marquant à jamais.

Il l'attrape par le bras. Elle répète lâche-moi plusieurs fois. Elle en a assez des consignes et des grandes idées. Il lui semble que rien n'est plus révolutionnaire que ce qui se joue en elle.

Il lui dit : D'accord. Mais alors on ne se reverra plus jamais. Oui, lui répond-elle. Elle sait bien. En vérité, elle ne sait rien, mais le répète. Elle a longuement réfléchi et elle comprend parfaitement. Alors, il s'éloigne en lui tournant le dos.

Elle aussi fait demi-tour et quitte les lieux. Saute par-dessus toutes les voies jusqu'à atteindre le mur. Mais il ne faut pas courir. Elle accélère néanmoins le pas en direction de la gare.

Casse-toi vite et bien, lui dit-il, plus fort que ce qu'il aurait voulu, non sans une certaine rage. Alors qu'elle s'éloigne, qu'elle laisse tout en plan, eux aussi fuient. Elle les voit courir, remonter le coteau à l'extrémité des voies et sauter dans une voiture au loin, au détour de la route, puis elle entend l'accélération qui se propage dans les docks, atteint l'estuaire, assombrit la mer.

Elle veut rentrer chez elle et raconter à ses parents ce qui lui arrive. Se blottir dans son lit, bordée et muette. Elle ne veut voir personne. Se terrer dans le giron de sa mère. Elle veut remonter le temps, mais ne saurait dire jusqu'où exactement.

En arrivant, elle entre sans saluer personne et part dans sa chambre. Elle regarde par la fenêtre, scrute l'horizon. Les quais et les digues de l'autre côté forment un paysage désolant de navires en œuvres vives. Cales lointaines, plans inclinés et embarcations ouvertes comme la cage thoracique de la baleine dans une fable pour enfants. Carcasses fantômes d'animaux mythologiques du Nord.

Dehors, la pluie s'abat infatigable, arrosant sans répit le village, la baie. Elle ne le reverra plus jamais. Quelques mois plus tard, elle mettra au monde une petite fille. Elle décidera toute seule de lui donner le même prénom qu'elle, mais dans une autre langue. Et lui n'en saura rien. Il disparaîtra dans le maquis. Elle ignore s'il changera d'identité. Ou s'il s'en ira loin. S'il sera capturé par la suite. Si, éventuellement, il sera tué.

MARÉE HAUTE

12

CHÂTELINEAU

(Ruth)

J'ai pleuré tous les soirs du premier mois qui a suivi notre arrivée à Châtelineau. Un mois, ça fait beaucoup de larmes pour une fillette qui vient d'avoir neuf ans dans un bateau dont on ne connaît pas le port de destination. Tu ne crois pas ? Quand on pleure à ce point, ce n'est plus l'expression d'un chagrin. Cela devient une façon d'être.

Ruth, tu vas finir par ressembler à une vieille dame, me disait Amelia. Qu'est-ce que ça peut bien me faire.

Les lettres n'arrivaient pas jusqu'à Châtelineau. On n'avait des nouvelles de personne.

C'était une période de tristesse terriblement vide. Très sombre. Les enfants, ça pleure, tu n'es pas sans le savoir. Parfois, parce qu'ils ont de la peine, et d'autres fois pour quémander un peu d'attention. Mais ça n'a aucun sens de le faire seule, prostrée dans sa chambre. Que dire d'une fillette qui pleure contre la guerre. Pour quoi ou contre quoi pleure-t-elle.

Toutes les semaines, Élise nous installait à ses côtés pour écrire à la famille. Je lui disais que la première chose était de prendre des nouvelles de Matías. Élise écrivait alors en français : « *Bisous à Matías. De nous toutes pour vous tous**. » Plus tard, quand nous-mêmes avons appris à écrire, je n'ai jamais manqué de prendre de ses nouvelles, personnellement et en espagnol.

Si leur mère vient à mourir, toutes deux resteront avec moi, disait Élise à Ivo, s'imaginant que nous ne comprenions pas encore le français. Or nous savions parfaitement ce que ces mots voulaient dire.

Aussi, j'étais triste pour moi, pour notre mère, et pour mon frère. Et d'une façon un peu floue aussi pour le fantôme qu'a toujours été notre père. Un jour, puis un autre, puis un autre encore. Ce n'était pas uniquement de la peine, je charriais également une grande rage. Pourquoi avions-nous dû partir. Je ne me contentais pas de pleurer à chaudes larmes, les yeux rougis et la poitrine hoquetante, tous les soirs dans mon lit, et ce mal de tête, et sentir violemment, au plus profond de mes tripes, l'absence de ma mère. Il n'y avait pas que ça. Je tapais des pieds, m'infligeais des coups, m'arrachais les cheveux, fronçais le nez et croisais les bras.

Ruth, tu vas te noyer dans tes larmes.

J'observais ma sœur, posée dans le fauteuil en osier, vêtue de neuf de la tête aux pieds, quoique tout aussi terrifiée, tel un lapin surpris au milieu des champs un jour de promenade. Mais tellement docile, si prompte à dispenser la joie. Je ne comprenais pas qu'elle puisse sauter de sa chaise avec autant de légèreté et se mettre à caresser des doigts les visages en porcelaine des poupées d'Élise avec l'ahurissante tranquillité de qui ne veut rien savoir, ne jamais se demander de quoi sera fait le lendemain. Qu'adviendrait-il ensuite dans nos vies : aimer ces gens-là par gratitude ? Se peut-il qu'on ait changé de parents, tout simplement ? Et le soir, lorsqu'elle ouvrait un livre sur ses genoux ? Les genoux impeccables, ronds et brillants de ma sœur. Les pieds bien joints. Les tibias alignés et sans cicatrices. Mais tu ne sais même pas lire le français, idiote, pensais-je. Idiote. Stupide. Traîtresse. Ne comprenait-elle pas que nous étions déjà orphelines ?

Je lui ai tout déballé lors de ces journées. Mais ma sœur, comme si rien ne s'était passé, s'agenouillait à côté de mon lit et me caressait le dos et les cheveux jusqu'à ce que sommeil s'ensuive.

Cette maison qui a été la nôtre aussi. Ses plafonds hauts, ses énormes lustres à cinq branches alambiquées comme il n'en était jamais tombé sur les ampoules à nu de chez ma mère. Le rez-de-chaussée accueillait un salon lumineux aux murs ornés jusqu'à mi-hauteur de lambris en bois blanc. Tout était orienté vers l'énorme foyer qui chauffait la maison. Sur le manteau de la cheminée trônaient les portraits sépia des parents d'Élise et d'Ivo, deux bougies presque toujours allumées, une minuscule photographie du premier mari d'Élise, Pierre, tombé à Ypres pendant la guerre, dans son uniforme, les yeux transparents, y compris en noir et blanc. Au centre, quatre fauteuils tapissés de velours couleur moutarde et une petite table en verre où nous avalions l'après-midi des fruits et des infusions de feuilles du jardin.

Il s'y trouvait aussi un piano droit devant lequel Élise s'installait le week-end. J'adorais l'entendre jouer le *Clair de lune*. D'une tristesse tranquille et langoureuse. Je me tenais debout à côté de l'instrument, attentive au mouvement de tête par lequel elle me demandait de lui tourner les pages. Je n'avais jusqu'alors jamais entendu le son véritable d'un piano, cette percussion de bois et de marteaux.

La cuisine n'avait rien à voir avec la nôtre, un taudis saturé de fumée et du sang des poissons qui imprégnait le plancher. Il y avait là des rangées de casseroles et de bocaux, des fleurs toujours fraîches dans un vase en étain, des herbes aromatiques qui séchaient suspendues au linteau de la fenêtre, des outils en bois dans un pot en métal, des chiffons et des tabliers toujours propres. On faisait cuire des fruits avec du sucre dans une grande bassine en cuivre, *Le Grand Livre des confitures* presque toujours ouvert, et l'on y fricassait des tomates avec du laurier et du sel, et tout cela selon un ordre précis pour en faire des conserves et ne rien gâcher. On y préparait de la viande avec des légumes et des pommes de terre. Des soupes aux boulettes de foie. Il y avait dans cette cuisine une armoire remplie de chocolats amers qu'on rapportait de Mechelen. Et sur l'étagère du haut, des fromages qu'on affinait. Je n'en avais jamais goûté auparavant. Mon préféré était un fromage au cœur coulant qui piquait la langue et qu'Ivo savourait le dimanche soir accompagné d'un verre de vin. Ça l'amusait beaucoup de voir Amelia se précipiter aux toilettes pour le recracher, tandis que j'en redemandais, *s'il vous plaît**, encore un peu, un petit peu. *La petite adore le fromage**, disait-il en rigolant. Entre la cuisine et le salon, de l'autre côté de la double porte coulissante, se trouvait la salle à manger où l'on nous avait reçues le premier jour, avec la table autour de laquelle Élise faisait ce que tu sais.

Tu n'es pas sans savoir ce que faisait Élise.

Le jour de notre arrivée, on a sorti des couverts d'une boîte en bois qu'on n'a plus jamais revue et on a étalé une nappe en lin blanche. À la maison, on n'en mettait jamais. Chez nous, tous les jours, c'était la marmite posée à même la table basse en bois et tout autour la famille debout, une cuillérée et on recule. J'aimais sentir le contact de la nappe amidonnée sur mes jambes. Les verres taillés projetaient de petits arcs-en-ciel au plafond lorsque la lumière du soleil passait au travers. Élise les appelait « coucous ». Ce matin-là, on était comme deux oiseaux squelettiques et noircis qui se seraient introduits par la fenêtre. Tout si bien disposé à sa place, ce jour-là, excepté nous deux et nos yeux affamés, les oreilles crasseuses, les os saillant sous nos vêtements. On nous avait préparé à manger, mais avant cela on nous avait fait monter dans la chambre afin d'y laisser nos valises. À grand renfort de gestes, on nous fit comprendre de revenir à table au bout de quelques minutes. On s'est affalées sur les lits, chacune dans le sien.

On a dormi un jour entier.

Le lendemain à midi, on est descendues après avoir été lavées et peignées par la bonne. Ivo et Élise nous ont adressé un sourire et ont placé entre nous deux un immense plateau avec des côtes de porc, une chaudrée de moules et suffisamment de pommes de terre et de carottes pour nourrir toutes les familles avec lesquelles on avait partagé le gîte pendant la guerre. En dessert, tarte aux fruits rouges et chocolat. Aucune n'aimait les moules, mais cet après-midi-là on a tout dévoré avec une telle avidité qu'on a passé la moitié de la nuit à rigoler et à sauter sur les matelas sous l'effet du sucre, et l'autre moitié à vomir.

Imagine à quoi avaient été réduits nos estomacs, si petits et déshabitués.

Dans la chambre à coucher, tapisserie florale, baldaquin en toile de satin, coussins et sol en bois foncé, il y avait un banc devant la fenêtre sur lequel Élise nous faisait la lecture d'un grand livre bleu de Perrault avant de nous endormir afin de nous familiariser avec la langue. L'horizon vu depuis la fenêtre était très étendu. La cour, le potager, les voies de chemin de fer et, au fond, des montagnes qui se couvraient de neige durant les hivers qu'on a passés là-bas.

Elle nous acheta quantité de vêtements et deux manteaux neufs à chacune. Elle brûla dans la cheminée tous nos anciens habits. Dans ces guenilles, vous mourrez de froid, disait-elle. On a alors enfilé pour la première fois des chapeaux, des chaussettes en laine avec des losanges qui montaient jusqu'aux genoux et des écharpes de renard dont la tête et les jambes pendaient et que j'évitais de regarder.

On m'a coupé une frange droite juste au-dessus des sourcils et Amelia a été coiffée d'un nœud bas qui lui attachait les cheveux. J'ai été prise d'un fou rire la première fois qu'on a vu notre reflet dans le miroir. Ce soir c'est comédie, j'ai dit à ma sœur, qui m'a décoché un coup de coude dans les côtes : Tais-toi, Ruth, toujours la même.

Je n'étais pas d'une nature docile et je me disais : C'est ça notre vie maintenant ? Pour toujours ?

Souvent la nuit, je faisais le mur. Je sautais par la fenêtre et gagnais la cour, je traversais ensuite les potagers qui se trouvaient à l'arrière de chaque maison. Je fuguais avant le lever du soleil et remontais la rue au pas de course. C'était une rue longue sur laquelle retentissaient mes chaussures dans le silence que seuls brisent les pavés au cœur de l'Europe, dans la nuit froide de son long hiver. Cet endroit ne ressemblait en rien à notre petit village du Nord. Ce Nord-là était différent. J'avais la nostalgie de la suie, du ronronnement des bateaux qui entraient dans le port, les amarres tels des serpents lâchés dans les rues. Là-bas les maisons, toutes en brique, suivaient un ordre précis, une hauteur uniforme. Rideaux courts avec passementerie à mi-hauteur sur une vitre immaculée, fleurs sur le rebord des fenêtres, partout un soin très réfléchi. Toutes avaient une porte en verre qui donnait sur la rue et une grande baie vitrée au rez-de-chaussée, deux petites fenêtres à l'étage et leurs greniers.

Je sortais et me mettais à courir, et lorsque j'atteignais le bout de la rue, je coupais à travers les prés jusqu'aux voies ferrées. En suivant les rails, me disais-je, sans doute arriverais-je chez moi en quelques jours. Marcher jusqu'à la frontière. Alors, je me rappelais que je n'avais aucune envie de retourner à la guerre. Je ne voulais pas rentrer et découvrir qu'il n'y avait plus personne. Qu'ils étaient tous morts. Je ne voulais pas subir à nouveau cette faim qui vous tenaille le ventre.

Lorsque, grelottant de froid et tremblant d'effroi, je revenais enfin, je me glissais à nouveau dans le lit, les chaussettes pleines de boue, la chemise de nuit grignotée par l'humidité. Personne ne m'a jamais parlé de ces escapades, mais je suis certaine qu'ils étaient au courant de ce que je faisais la nuit. Les traces de mes excursions restaient imprimées sur la moquette claire des escaliers.

À l'école aussi je pleurais désespérément. Madame, la petite ne s'applique pas, s'entendait dire Élise. On ne peut rien en faire. Elle pénalise le reste de la classe. Elle ne lit pas le français, elle n'écrit pas, elle n'écoute pas. Elle me tient tête quand elle n'a pas la bonne réponse. Les autres aussi ont besoin d'attention, or je lui consacre toute la matinée. Élise, avec son tricot sur les épaules, ses lunettes rondes et un crayon dans la main, s'asseyait tous les après-midi pendant deux ou trois heures, selon ce que je pouvais supporter, pour m'apprendre à écrire. Mais si j'étais analphabète dans ma propre langue, comment aurais-je pu comprendre quelque chose dans une autre. On m'avait inscrite en huitième alors que je ne savais ni lire ni écrire l'espagnol. Et on s'attendait à ce que je le fasse en français ? Petit à petit on a appris. Avant Noël, on parlait suffisamment pour se faire comprendre. Au printemps, on commençait à oublier comment se disent certains mots en espagnol. Un jour en début d'année, Élise s'est présentée à l'école. Une camarade nous accusait régulièrement d'être des réfugiées venues leur voler leur pain. Élise s'est fâchée et ça a été la seule fois que je l'ai vue crier : Leur pays est en guerre, petite égoïste, et t'inquiète que si elle vole du pain, ce ne sera qu'à moi.

Je pleurais aussi en pensant à mon frère. J'imaginais

ce qu'il aurait dû faire si tout était rentré dans l'ordre. Ramasserait-il des crabes dans le canal. Aurait-il trouvé un autre ballon comme celui qui avait éclaté sous les roues d'une voiture qui circulait sur la nationale. Serait-il toujours aussi affamé. Et ses poumons. Si moi j'avais eu neuf ans, lui devait en avoir sept et demi, si j'en avais dix, lui huit. Si c'était septembre, sans doute ma mère l'avait-elle inscrit à l'école en haut du village. Parfois, l'idée terrible me traversait l'esprit que mon père était rentré et qu'ils vivaient tous trois chez nous, heureux. Et qu'ils s'étaient rendu compte qu'en réalité une seule bouche à nourrir était plus que suffisante. Qu'ils ne nous réclameraient plus jamais.

Je pleurais la nuit également. En devinant le souffle d'Ivo sur le chandelier avant qu'il entre dans la chambre, lorsque le tremblement des flammes dans les recoins se faisait obscurité. Tout se couvrait de noir. La peur m'envahissait alors parce qu'il y avait dans cette maison une résonance ancienne.

Je m'effrayais de nos manteaux suspendus, du reflet de la lune dans le miroir par une nuit claire. Du bruit blanc de leurs chairs de l'autre côté du couloir, d'imaginer le corps d'Élise sous celui d'Ivo, débarrassé de cette consistance qui la maintenait droite en journée : le manteau, la jupe, la combinaison, le chemisier blanc toujours impeccablement boutonné et sans pli, les cheveux attachés en un chignon tressé. *Plaf*, comme une tape.

Puis la toux sèche d'Ivo. On aurait dit que cet homme pouvait s'étouffer à tout moment. Le bruit du pot de chambre sous un jet d'urine.

Ensuite, plus rien.

Les craquements du bois. Notre solitude.

Alors la peur se frayait un chemin et je plongeais la tête sous les draps et la couverture et l'édredon qu'Élise avait cousu en assemblant de petits coupons de tissus différents en attendant notre arrivée. Je me rappelais Enrique, notre voisin, qui nous criait que rien de ce qu'on ferait là-dessous n'échapperait à l'œil de Dieu, lequel nous punirait. Je me cramponnais à la seule chose réelle, l'odeur du jardin collée aux fibres de la parure de lit, l'odeur de la main de la femme qui battait le linge contre le bois.

Élise disait qu'il fallait laisser ouvertes les portes des chambres pendant la nuit. Pour que les esprits puissent sortir et entrer librement, nous observer dans notre sommeil, surveiller notre haleine. Je me représentais Pierre telle une statue militaire au pied de mon lit. Son trou frais au cœur, un orifice aux bords brûlés dans la toile de son uniforme.

Je pleurais seule également, cachée dans le grenier, entre les étagères où s'empilaient les bocaux de compote et de confiture. Cette armée de réserve pour l'hiver, comme dans la fable *La Cigale et la Fourmi.*

J'avais envie de pousser ces étagères de vieux bois et de tout renverser par terre, couvrir de cette poisse collante et viscérale les vieilles planches du parquet, la voir s'insinuer vers les étages inférieurs, les couvrant de confiture mauve, rouge et orange. Renverser ce monde étranger à notre guerre, à notre faim, à notre façon de courir sous les bombes de l'aviation. Je sanglotais dans le noir, la tête dans les mains et les mains sur les genoux, comme font les petites filles.

La dernière fois que j'ai pleuré avec une désolation pareille, ça a été là-haut précisément, sous les combles. Je passais mes doigts sur les bocaux en verre, appuyant de plus en plus fort. Un grand récipient rempli de haricots verts n'était pas bien fermé et à travers le joint du couvercle suintait un peu d'eau poisseuse qui avait noirci. Je l'ai touchée. Posant et retirant mon doigt. Je percevais un bourdonnement, tout près. Je n'ai pas eu le temps de bouger. Il y avait un nid de guêpes dans la charpente. L'une d'elles m'a planté son dard dans le cou. M'a injecté son poison, avec cette douleur aiguë de décharge électrique, et j'ai senti que je ne parvenais plus à respirer normalement. J'ai porté mes deux mains à mon cou et j'ai remarqué à quel point il commençait à gonfler. Élise, Élise, criais-je. Amelia ! *S'il vous plaît. Quelqu'un* !*

Je revois le rampant aux poutres foncées de la mansarde et ressens l'étouffement tandis que j'entendais les pas d'Élise dans les escaliers, puis plus rien. Je revois ce regard bleu de Pierre comme une hallucination, puis plus rien.

Je me suis évanouie. Ce dont je me souviens ensuite, c'est de ses mains séchant les larmes de mon visage, et des miennes autour de mon cou, désormais dans son état normal. Élise qui me donnait la main et descendait les escaliers avec moi. Elle ne m'a pas quittée de toute la journée. Cela ne peut pas se reproduire, répétait-elle. Mon devoir est de veiller sur vous deux. En milieu d'après-midi, elle a approché un fauteuil de la cheminée et m'a fait signe de venir m'asseoir sur ses genoux. Elle me frictionnait le bras depuis l'épaule jusqu'au coude. Encore et encore. J'ai tourné la tête et, l'observant par en dessous, j'ai constaté son inquiétude et je me suis souvenue d'une inquiétude plus ancienne. Je retrouvais dans les yeux clairs d'Élise les yeux de ma mère. Ne m'appelle plus Élise, m'a-t-elle dit. Appelle-moi marraine. Depuis, je l'ai toujours nommée ainsi. Seulement, comme dernier acte de rébellion, je le faisais en espagnol, *madrina*.

De ce jour je n'ai plus pleuré. Du jour où Élise a posé ses mains sur mon visage, soulagé ma douleur et ne m'a plus quittée. Du jour où nous avons découvert que j'étais allergique aux piqûres de guêpe et que j'avais échappé, on ne sait comment, à la mort dans ce grenier. J'ignore ce qui se tramait dans cette maison, je te jure que je ne le sais pas plus aujourd'hui. Ses mains sans doute, ou le passage des mois, ou nous deux. La force qu'elle avait, l'origine de celle-ci. Je ne sais pas non plus si j'ai pleuré trente jours ou toute une année. Lorsque j'avais une baisse de moral, je lui demandais de me faire une petite place à côté d'elle et lui disais : laisse-moi voir ma mère. Puis nous nous dévisagions un moment, les yeux dans les yeux. Peut-être n'étions-nous que deux personnes prenant soin l'une de l'autre au milieu de toutes ces guerres. C'était le début des années 1940. Et moi, je n'avais plus envie de rentrer.

C'est douloureux à dire, mais je ne voulais pas rentrer.

Malgré le fantôme de Pierre qui me guettait dans mon sommeil.

13

LA SERRURE

(Adriana)

Je pourrais lui dire que je vais voir les locaux de la vieille académie de français. Qu'elle peut venir avec moi si elle le souhaite. Je pourrais le lui dire comme si rien de cela n'avait véritablement d'importance et ainsi lui offrir la possibilité de refuser sans s'imaginer qu'elle me blesse. En réalité, il ne nous reste pas grand-chose à meurtrir. J'opte pour le manteau noir et ample qui descend jusqu'aux genoux. J'ai besoin de me sentir au chaud et de porter des vêtements qui ne soient pas une entrave à mes mouvements.

Tu peux aussi ne pas venir, pourrais-je lui dire. Elle passerait alors toute la matinée en pyjama, débraillée, sans jamais se lever du fauteuil, et cela ne changerait rien, lisant aux côtés de ma mère, qui regarde la télévision par-dessus l'assiette de petits gâteaux qu'elle nous demande de sortir le matin et de ne ranger qu'à la nuit tombée au cas où on aurait une petite faim. Malgré tout, dans la confiance de notre solitude partagée, elle nous gâte. Toujours les mêmes biscuits ramollis, de plus en plus humides.

Ou sinon, franche : Je file à l'académie de mamie, couvre-toi parce qu'il y fait froid, l'air y est glacial, vu que c'est une pièce exiguë qui n'est plus chauffée depuis des années et dont la porte vitrée est en partie cassée. On pourrait regarder ce qu'il en reste, fouiller dans les papiers, dans les registres et dans les tiroirs, décider d'un plan pour la vente, et vider les locaux durant les prochains jours, les nettoyer, on pourrait passer à la boulangerie en sortant pour prendre quelque chose, un café et une pâtisserie, avant de rentrer, une sorte de déviation naturelle du chemin, un coup de frein spontané en milieu de matinée.

Je la retrouverais dans sa façon d'ôter son manteau, de remuer son café. Peut-être se fâcherait-elle parce que sa mère aurait dit ce qu'il ne fallait pas. Tu devrais faire un ourlet à ton pantalon. Elle se murerait alors dans le silence comme quand elle était enfant. Attentive aux discours des adultes, informée avant l'heure de ce qui se dit à voix basse. Elle me reprocherait n'importe quelle phrase commençant par en tant que mère tu devrais… peu importe ce qui suivrait.

Si elle ne vient pas, tant pis. Je me le répète pour ne pas me laisser atteindre. Elle peut garder ses écouteurs, ne pas fixer le regard sur un élément plus concret, moi-même, ne pas répondre au téléphone qui s'illumine et s'éteint à nouveau. Je pourrais lui dire aussi que tout ce qu'on en tirerait serait pour elle. Que c'est prévu. Aime-moi pour quelque chose, *maitea*. Ou alors, aime-la exclusivement. Oubliez-moi. Aime-moi sans effort comme le maillon nécessaire d'un engrenage ancien. Cela te permettrait de financer un éventuel projet. Ce n'est que justice, tu ne crois pas ? Voilà ce que je lui dirais.

En réalité, elle sait que je n'ai jamais souhaité ni su la conseiller au-delà de ce qu'elle me demandait. Je ne le lui dis pas, mais je veux qu'elle comprenne que, d'une façon ou d'une autre, une mère et une fille sauront combler ce silence ou s'accommoder du vide. Même si je ne suis que la dernière île avant l'océan ouvert. La dernière marche avant la chute. J'ajuste mon sac à main en bandoulière et, tout en laçant mes chaussures, je dis simplement : Je file à l'académie, tu viens ?

Elle vient.

Je remplis pour ma mère une bouteille d'eau que je laisse sur la table et je lui dis que nous partons. Très bien, répond-elle sans m'adresser un regard. J'hésite à la laisser seule et en position assise. Je la sens fragile depuis quelques jours. Elle se fatigue rapidement lorsqu'elle parle. Elle s'endort plus tôt que d'habitude et peine à se réveiller le matin. Parfois il lui faut quelques minutes – angoissantes – pour ouvrir les yeux. Une ou deux fois, j'ai collé l'oreille sur son cœur, j'ai guetté sa respiration. Je l'embrasse sur le front et lui dis : On revient vite.

J'attends ma fille les mains dans les poches et une mèche sur le visage que je n'écarte pas pour ne pas lui offrir le spectacle de ma panique, et je ferme la porte tandis qu'elle dévale les escaliers sans m'attendre, sa paume serpillant la poussière sur la rampe, puis franchit le hall, évitant de peu de trébucher sur un lacet défait.

Sur le pas de la porte, on se bouscule au moment de partir. Chacune fait l'hypothèse d'un chemin différent.

On ne prend pas la voiture ?

Non, on y est dans dix minutes. Ça nous fera une balade.

Alors, j'aimerais passer à la librairie.

Allons-y.

Rien n'est léger comme je l'avais imaginé. Des nuages noirs empêchent de voir le fond du ciel et je sens mon corps plus lourd qu'à l'ordinaire, réglant ses comptes avec la gravité. Je pèse chaque pas, réfléchis au balancement de mes bras, est-ce que je me tiens droite ? Je m'étire. Je baisse les épaules, délie ma posture. Elle regarde par terre et guette les feux de signalisation, tend un bras inflexible en travers de mon ventre lorsque je manque de traverser au rouge. Personne à l'horizon.

En arrivant devant la librairie je lui dis que je l'attends dehors. J'allume une cigarette qui aussitôt me retourne l'estomac et fait dégringoler ma pression, tandis que je la vois déambuler entre les rayons serrés, pour beaucoup ployant en leur milieu. Elle renverse accidentellement une pile de livres avec son manteau. Je la vois s'excuser d'un geste de la main avant de refaire la pile à l'identique. Elle observe longuement un grand livre blanc et noir et le prend sous son bras. Aurait-elle oublié ma présence ? Elle s'approche du comptoir et je vois le libraire consulter son écran. Puis se lever, placer une échelle devant la bibliothèque et attraper un deuxième livre. Lorsqu'elle sort enfin, je lui demande ce qu'elle a acheté, elle me répond que rien, quelque chose sur l'aménagement du quartier et l'origine du port, et puis autre chose. De l'un de ses livres s'échappent deux photos. Je les ramasse, les observe et les retourne, je découvre les légendes. Sur l'une, plusieurs femmes debout s'affairent autour d'une table en bois et sous la lumière d'une ampoule dans un séchoir à morue des années cinquante. Sur l'autre, une dizaine de femmes gravissent bras dessus, bras dessous le flanc d'une montagne. Au dos : « Le travail des femmes : vente de poisson dans le quartier ou sur les étals des localités voisines. Années quarante. » Elles sourient toutes à la caméra, elles ont toutes des jupes et les jambes nues. Chaussures noires. La photo capture la fougue joyeuse de leur démarche.

Elle a toujours aimé les livres. Parfois, ma mère lui

disait qu'elle finirait par perdre la raison à force de lire. Comme Don Quichotte, disait-elle. Petite, elle allait dans cette même librairie dépenser l'argent que lui donnait mon père le dimanche et choisissait ses lectures au hasard. Pourtant, elle n'était pas bonne élève. Allergique aux devoirs, elle avait le plus grand mal à s'asseoir des heures durant afin de satisfaire à l'obligation scolaire. Elle ne tenait pas bien ses cahiers, était incapable de s'organiser ou de s'appliquer. Les pages portaient toutes au dos le relief de son écriture appuyée. Les lettres pointaient et s'envolaient. Elle perdait tous ses feutres, ne me prévenait jamais quand il fallait signer une autorisation de sortie. Combien de fois, après l'avoir déposée à l'école, je retrouvais ses équerres en plastique vert sur les miettes de son petit déjeuner à côté du bol. Elle n'a jamais apprécié qu'on lui dise ce qu'elle devait faire.

J'essaye d'ouvrir la porte de l'académie après plusieurs tentatives musclées. C'est la serrure, rouspété-je, elle a rouillé. Elle la pousse d'un coup de pied. Je lui cède le pas, elle entre et se plante au centre de la pièce, les mains dans les poches. Puis elle s'assoit à l'une des tables. Elles sont tournées n'importe comment, une ou deux chaises renversées, je ne me rappelle pas ce qui aurait pu causer ce chaos. Une vieille trace d'ancienne humidité a écaillé le mur, semant de chaux le sol en grès. Une affiche du Mont-Saint-Michel et des dessins que ma mère réalisait pour décorer l'école, des mains qui semblent se saluer et prendre congé. « Bonjour ». « Merci ». « Au revoir ». J'allume le néon qui frissonne en émettant un bruit de secousse au démarrage. Enlève ton manteau, sinon tu auras froid en sortant. Elle m'écoute. L'étagère déborde de papiers : inscriptions, examens, photocopies d'exercices de grammaire. Tu t'approches et examines une feuille montrant la conjugaison du verbe « être ».

Combien de temps mamie a-t-elle donné ses cours ?

Vingt ans ? Plus ou moins. Jusqu'à tes dix, onze ans.

Elle avait beaucoup d'élèves ?

Je dirais, six ou sept élèves par heure. Elle enseignait quatre heures par jour. Pas tant que ça. Mais c'était suffisant.

Et pourquoi toi tu n'as pas voulu reprendre ses cours ?

Parce que ici c'était son espace. Elle l'avait créé sans l'aide de personne. Elle s'était fixé pour but d'y parvenir. On manquait d'argent à la maison et ça l'ennuyait terriblement de rester enfermée toute la journée. Tu sais comme elle est. Elle ne m'a jamais enseigné le moindre mot de français. Mais j'ai passé tellement de temps ici même à l'attendre que j'ai fini par l'apprendre rien qu'en l'écoutant. Petite, elle aurait pu me parler dans cette langue, mais à l'époque on ne réalisait pas qu'une langue pouvait se révéler un atout, comme c'est le cas de nos jours, même si elle reconnaissait qu'il était primordial de parler la langue des gens qu'on aimait si on voulait les comprendre. C'est pourquoi elle enrageait de ne pas connaître le basque. De ne pas avoir été en mesure de me le transmettre, ni de pouvoir le parler elle-même. Plus tard, quand j'ai réussi le concours d'enseignante et qu'on m'a libéré du temps pour l'apprendre, elle en a profité pour faire les exercices avec moi et en a retenu quelque chose, assez pour être en mesure de le lire, mais pas de le parler.

Mais Adirane n'écoute plus ce que je raconte et pénètre dans la pièce du fond et je l'entends fouiller dans les papiers, ouvrir puis fermer des tiroirs. Elle en ressort avec une affiche plastifiée et jaunie sur laquelle on peut lire « Pas de cours aujourd'hui ». Elle me demande de quand elle date. Du temps des intimidations et des grèves. C'est une affiche que mamie avait réalisée et mise sous cellophane pour l'accrocher dès qu'on venait nous dire que personne n'ouvrait le lendemain. Ce qui était assez courant. Parce qu'on avait coffré untel. Parce qu'on emprisonnait tel autre. Parce qu'il y avait eu un mort en manipulant une bombe. Un jeune homme frappait à la porte en plein cours et lâchait : Demain on n'ouvre pas. Et mamie n'ouvrait pas. Que pouvait-elle faire ? Ceux qui ouvraient prenaient de gros risques. Tu t'exposais à retrouver ton local en ruine le lendemain.

Elle ne refusa jamais de s'y plier ?

À ton avis qu'est-ce qui fait que la serrure coince autant ?

On est restées près d'une heure à trier des papiers qu'on jetait dans des sacs-poubelles. Il n'y a rien d'intéressant. Elle prend son téléphone et filme le résultat. L'affiche extérieure. Le nom de l'académie imprimé sur les copies d'examen. Je sais qu'elle me filme de dos et qu'elle enregistre mes mains feuilletant des piles de papier contre ma poitrine à la recherche du moindre document valant quelque chose. J'ai les mains et le nez gelés et elle se met à tousser, je lui dis qu'on s'en va. J'éteins la lumière et ferme la porte.

Je crois bien qu'on pourrait en tirer un petit quelque chose, pas toi ?

On entre dans un bar. Elle passe commande au serveur d'un simple geste. On s'installe au comptoir, plus ou moins en face l'une de l'autre. On évolue dans une sorte de trêve. Je peux presque sentir quelque chose comme la paix s'immiscer entre deux combats.

Une femme blonde semble la reconnaître et, en passant devant nous, lâche le guidon de la poussette et pose ses deux mains sur les épaules de ma fille. Adirane, *berdin zaude**, lui dit-elle. C'est une ancienne camarade d'école. Eh oui, poursuit-elle, c'est mon troi-

* « Tu n'as pas changé ».

sième. Les autres sont à *l'ikastola**. Mais raconte-moi ta vie. Elle sourit alors, sans rien dire. Tarde trop à lui répondre.

Adi, comment vas-tu ?

Son silence est gênant.

Elle va bien, dis-je.

Qu'est-ce qui t'amène par ici ?

Elle est venue réaliser un projet. Et nous rendre visite.

Génial. C'est l'*amona*** qui doit être contente. Comme elle t'adorait.

Oui, elle l'est, dis-je.

Tu dois avoir des enfants et tout le tintouin.

C'est alors que l'ancienne camarade comprend qu'elle n'obtiendra aucune réponse, dit *agur**** et semble prendre son élan derrière la poussette. Lorsque la porte se referme, je me tourne vers elle et la découvre les yeux clos. Elle paraît déçue d'elle-même.

Je pose ma main sur sa main. Elle me laisse la caresser sans la retirer.

Ma fille ?

Deux larmes roulent sur sa peau tendue à cause du froid.

Tu dois me dire ce qui t'arrive.

---

* « École ».

** « Grand-mère ».

*** « Au revoir ».

J'ai eu très peur.

Peur de quoi, *maitea* ?

De tout.

Elle déglutit et d'un mouvement de main demande au serveur un deuxième verre pour moi. Je retire mon manteau et le plie sur mes genoux, puis je tire sur son écharpe qui glisse sous ses cheveux et je la place au-dessus. Elle descend sa fermeture Éclair et expire bruyamment. Elle fixe le plafond en avalant sa salive.

Surtout, peur de ne pas être bien pour elle. Pour la petite. Parce que j'allais mal. Parce que je pensais que quelque chose allait m'arriver. Je suis donc partie. Je l'ai laissée à la garde de son père. Alors je suis partie. J'ai décidé que je ne serais plus sa mère. Je ne voulais pas qu'elle me voie angoissée. Je ne voulais pas lui transmettre cette noirceur.

Mais qu'aurait-il pu t'arriver ?

Elle commence alors : Tout le monde autour de moi s'est mis à vivre des choses terribles. Moi, mon corps m'avait lâchée une fois déjà, lorsque j'ai perdu le bébé très tard dans ma grossesse précédente, et qu'il a fallu m'assister pour l'extraire. J'ai dû accoucher d'un bébé tellement grand. J'ai cru que ça n'avait pas eu d'incidence sur moi. On nous a dit à toutes que ça arrivait, que ça arrivait à pratiquement toutes les femmes. Une sur trois. Mais personne ne t'en parle vraiment. Personne ne te raconte ce que ça fait. Je t'ai dit que j'allais bien, et c'est vrai que j'allais bien.

Mais je n'avais pas tout évacué, je ne parle pas d'où se trouvait le bébé, mais de la peine en moi. Une amertume que je ne parvenais pas à contrôler. Ou à partager. Ce qui me rendait dingue c'était de n'avoir aucun contrôle sur ce qui se passait dans mon corps.

Mais, *laztana**, cela arrive à énormément de femmes. Mamie en a perdu deux. Et la petite, dans tout ça ?

Elle me dit qu'elle a très mal vécu sa deuxième grossesse, avec beaucoup d'appréhension. Que ça l'a transformée. Qu'elle souffrait de maux de tête plusieurs fois par semaine. Qu'elle ne parvenait pas à travailler. Qu'on lui avait fait passer une myriade d'échographies, elle allait aux urgences en disant qu'elle sentait quelque chose ou qu'elle ne sentait rien, et on lui faisait une échographie et ça ne lui disait pas si le bébé se développait bien ou non.

J'ai appris par cœur ce qu'est un embryon, dit-elle, combien de grammes prend un fœtus chaque semaine. Je savais ce que je devais regarder. Quel organe se créait à ce moment-là. Je me renseignais sur les bébés morts in utero. Je cherchais des photos sur internet. Lorsque j'ai pu le sentir à l'intérieur, je me suis acheté un petit appareil, une sorte de stéthoscope que je passais sur mon ventre pour écouter son cœur. En rentrant d'un tournage, je le passais sur mon ventre. En rentrant d'aller chercher le pain, la veste ouverte,

---

* « Chérie ».

mais encore sur les épaules, j'écoutais. Ou bien, si je me réveillais au milieu de la nuit.

Et qu'entendais-tu ?

Un bourdonnement, un bouillonnement, des gouttes. *Foum*, *foum*, dit-elle. À une vitesse folle, mais j'étais rassurée. Si je ne trouvais pas, je demandais à Iván, qui me le passait sur le ventre avec un peu de gel. Et me disait : fais-lui confiance, elle est là. Et c'était vrai : la petite est venue au monde. De retour à la maison, j'ai cessé de m'inquiéter qu'il lui arrive quelque chose et je me suis mise à avoir peur pour moi. Qu'il m'arrive quelque chose d'impossible à contrôler, une maladie, un arrêt soudain. Je n'ai pas su amadouer mon angoisse. Et lui n'aidait pas non plus. Mais c'était aussi comme si j'étais en train de gâcher les derniers jours de ma vie dans cette maison, sans emploi, isolée, persistant dans le néant. Jusqu'à ce que je craque. Parce que j'étais triste tous les jours. Fâchée en permanence. C'est dur de vivre en pensant qu'il va t'arriver quelque chose. Anticiper est la pire façon de vivre. Alors, je me suis éloignée. J'étais déjà loin de vous.

C'est alors que je lui dis. Je regrette. J'ignore où naissent les mots. À quel âge ils apparaissent dans nos vies. Ni où ils finiront par atterrir. Sur laquelle de mes filles. Celle qui jouait à mes pieds sans rien dire. Celle qui s'est pris la claque de la vérité lors d'une querelle d'enfants : Ton père n'est pas mort comme on te l'a fait croire, il a été tué, demande à ta mère pour quelle raison.

Être mère ce n'est pas facile, je ne sais plus si je te l'ai déjà dit, j'ai l'impression que je me répète. On passe toutes des soirées difficiles. On doute. Tôt ou tard, le désespoir nous guette.

En réalité, je parle comme si je transmettais un secret évident divulgué par des générations de mères auxquelles on n'a pas prêté attention. Mais ce n'est pas ça non plus, dis-je. Tu ne peux pas tenir ta fille éloignée de toi.

Si, je peux. Je l'ai même décidé. Je dois me sauver moi-même. Tu m'as éloignée de ce qui te semblait nécessaire. Dans le cas présent, la violence, c'est moi : la violence, c'est mon amertume.

Elle ouvre alors son porte-monnaie et sort une photo récente de la petite Ruth. Elle me la tend sans oser la regarder. C'est ton portrait craché, lui dis-je. Ce n'est plus un bébé, c'est une petite fille. Un petit nez et les yeux bridés, orientaux presque, plus clairs encore que les nôtres. Les joues rouges et brillantes. Mais elle a les cheveux lisses et clairs de son papa, qui forment un *v* sur le front d'une couleur tirant sur le platine. Elle sourit à pleines dents, toutes brillantes et neuves. Je passe une main sur son visage, comme cherchant à la toucher pour de vrai.

Elle fait un geste et me dit que je peux la garder.

Et comment ça se passe avec Iván ?

Elle ne répond pas.

Est-ce que tu ne serais pas en train de tout mélanger ? Il n'est écrit nulle part que vous devez être une famille comme les autres. Ta fille vous a toi et lui. Tu ne peux pas la laisser tomber. Tu es sa mère. Personne ne prétend qu'il faille être comme ci ou comme ça. Nous étions deux, et c'est tout. Il y avait tes grands-parents, mais c'était toi et moi.

C'est ce que je dis, *ama*. C'est ce que je dis.

Elle ferme son manteau et se tourne vers le bar, laisse un billet dans la soucoupe en métal. Elle me prend l'écharpe des mains et fait deux fois le tour de son cou avec. Le bord de l'écharpe accumule des larmes qui restent accrochées à la laine rouge sans jamais se briser.

Elle sort.

Je l'observe qui s'éloigne dans la rue.

14

OCÉAN MER

(Adirane)

Elle déambule le long des quais. Sans penser à rien. Pas de façon verbale du moins. Alors c'était ça ? Lorsqu'elle lui demandait une raison de comprendre ce qui leur arrivait, il la suppliait de chercher en elle-même, ouvre-toi et trouve, lui disait-il, mais non, toi, explique-moi, je ne peux pas être la seule à tirer tout ça de l'avant : deux tasses de café vides sur la table, la maison envahie par les jouets. Dis-moi comment on fait. C'est quoi, tout ça ? C'est nous, tout ça. Mais aucune accélération n'en découlait. Cela ne leur donnait aucun ressort. Et il lui répondait qu'il n'avait aucune pensée qu'il pût exprimer. Il ne savait pas les mettre en discours. C'était une gêne au niveau des côtes.

Tu es angoissé ?

J'ai peur, peut-être.

C'est toi qui me fais peur, lui dit-il un jour.

Était-elle quelqu'un de qui il fallait avoir peur ?

Elle a laissé sa mère au bar, sur le point de lui dire quelque chose de probablement intelligent, une consolation en paroles. Elle l'a laissée avec cette petite grenade à main dans la paume non dégoupillée. Parfois, il vaut mieux ne pas savoir, *ama*.

Elle ne veut rencontrer personne. Elle cherche dans ses poches et, entre des restes de biscuits et les indications d'assemblage de la surprise Kinder, elle récupère quelques pièces. Elle les compte et règle le prix de la navette, puis arrive dans le quartier est. La cloche de l'église sonne une seule fois. À bord se trouvent aussi un enfant, sa mère et sa grand-mère. Ce ne sont pas des gens d'ici. Ils viennent visiter. De Madrid, peut-être. Ils ont cette façon de tout se dire en peu de mots. Ils ne se ressemblent pas, et pourtant, dans la forme du visage, une douceur des traits qui se répète de l'une à l'autre et à l'enfant. Le silence du quai accueille ses mouvements rapides et cette conversation étrangère dans la baie. Tous en imperméable bleu. Les chaussures humides. L'enfant se penche debout sur le bastingage de l'embarcation et la mère l'attrape comme s'il allait véritablement passer par-dessus bord, comme s'il existait une possibilité que l'enfant lui échappe, que l'on entende un ou deux cris avant qu'il ne disparaisse sous l'eau. Eau, eau, dit l'enfant. Le pire, c'est que cela peut arriver, pense-t-elle. Elle fait oui de la tête sans que personne s'en rende compte. Il y a des enfants qui tombent à l'eau par un matin d'excursion et que l'on ne retrouve jamais.

C'est simple comme la gravité. Les plus sombres possibilités de toute vérité pesaient au fond des rivières.

La grand-mère de l'enfant sourit comme pour s'excuser de ce que la mère prononce autant de fois son nom, lui donne des ordres inquiets, aimerait atteindre la rive et rompt la tranquillité de ce mercredi : Pablo, tout doux, tu peux tomber jusqu'au fond et ne compte pas sur moi pour aller te chercher, dit-elle. Bien sûr que tu te jetterais à l'eau, idiote. Avec ton sac en bandoulière, tes bottes australiennes qui se gorgeraient d'eau et ce téléphone dernier cri avec lequel tu essayes de vous prendre en photo du bout de la main qui ne tient pas l'enfant par la ceinture.

Tu plongerais la tête la première.

Ils descendent de la navette et, de l'autre côté, une passerelle de grosses planches débouche sur une place d'où part la seule rue qui avance parallèlement à la ria. La pluie a dépeuplé les tables sur les terrasses à côté de l'embarcadère. Elle va jusqu'au bout de l'impasse, touche le mur et fait demi-tour.

Un, deux, trois pour moi. Base !

La mer se fracasse lourdement sur les balcons des restaurants. Toits à deux pentes, dont la bissectrice coupe les immeubles en deux et trace une ligne entre les habitations, aux fenêtres et garde-corps tous de couleurs différentes, peints avec les fonds de peinture des bateaux. Au-dessus de la porte de la taverne, un filet de pêcheur et un panier en osier, une ancienne bouée, une tasse en métal émaillé, vieux objets suspendus qui délivrent un message : ici l'on boit la tête dans le passé.

Les vêtements prennent l'eau sur les cordes à linge, se teintent d'obscurité, les draps claquent contre les balcons. Et à côté d'une série de pantalons de tailles différentes : *Euskal Preso Eta Iheslariak**. Elle attrape la caméra et avance de quelques marches en direction de l'eau. Celles-ci sont entièrement recouvertes de mousse, rendant l'équilibre précaire. Elle filme pendant quelques minutes. Elle filme les vagues qui s'écrasent au pied des maisons. La navette qui repart à vide et un escalier étroit, entre deux immeubles, qui mène jusqu'à la montagne. Au fond, sur un mur peint en blanc gagné par le lierre, apparaît écrit en noir et en majuscules le mot « torture ». Une ligne rouge le barre.

Elle sent un élancement douloureux dans le ventre et son pantalon plaqué par l'humidité. Ainsi que sa propre humidité, cette décharge de crampes inopinées dans les muscles. Elle ne compte pas pour autant rentrer maintenant, elle doit laisser souffler sa mère, elle a besoin de rester seule un moment, elle quitte le village et emprunte la route de la côte qui serpente jusqu'à l'entrée du port. Elle s'arrête sur un mur en

* « Liberté pour les prisonniers politiques basques ».

pierre dans lequel on a percé une fenêtre. Comme sur la plaque d'une gravure, la mer cantabrique s'invite avec son écume et ses vagues dociles. Cette frontière d'eau toujours. En deçà et au-delà, c'est votre affaire, semble-t-elle rappeler. De la rive vers le large, c'est la loi des tempêtes.

Elle se remémore les promenades sur ce même chemin avec ses grands-parents, une, deux, trois, sauter. Les grands-parents, chargés, fragiles, les chevilles fatiguées, tiraient ses poignets vers le haut, et elle parvenait à franchir une marche ou une flaque d'eau. Leur effort permanent pour se montrer heureux. Il lui semble éprouver dans sa main la rugosité de celle de son grand-père, la largeur de sa paume et les phalanges courtes et calleuses. La douceur constante dans celle de sa grand-mère. La peau lustrée sur les os. Rien qu'une main sur une autre main sur une autre main. Est-ce cela une famille ? Elle doute profondément que cet homme et cette femme aient eu un jour à renoncer à quoi que ce soit. Et comment ils actèrent à la fois si sérieusement et si allègrement l'obligation de les aimer, sa mère et elle, par-dessus tout le reste.

Elle s'efforce de ne pas penser à son mal de ventre, mais elle le sent qui la lance jusqu'à ses genoux.

Il se fichait du sang. Au début, surtout. Ou qu'il faille changer les draps, après. Il se fichait de ses oublis ici et là : une tache sur la chaise, un tampon enveloppé dans du papier posé sur la chasse d'eau, le goût de fer de leurs ébats. Elle pense à lui avec une sorte de tendresse et fait un bond quelques années en arrière dans un effort pour revenir à leurs origines, cette glissade sur le passage clouté, elle était si fermement accrochée à son bras que tous deux, ivres, étaient tombés rue San Bernardo. Les heures passées allongés sur le matelas à même le sol, car sans argent pour acheter un sommier ou un canapé. Tous les films qu'ils visionnèrent à cette époque, *Eternal Sunshine of the Spotless Mind*, *Locataires*, *Tideland*, *Pulp Fiction* vu et revu. La salive passant d'une peau à l'autre sur l'oreiller, des heures durant. La main au cinéma, dans le pantalon. Le contour de sa silhouette au petit matin sur la chaise, copiant des vidéos d'elle dans un disque dur. Les milliers de courriers électroniques à toute heure, y compris au bureau, s'observant par-dessus les cloisons blanches. Lorsqu'ils préparaient des repas différents pour mettre dans leurs boîtes afin que personne à la cantine ne se doute de rien. Se donnant rendez-vous à la fin de la journée à l'angle de la rue et rentrant à la maison au pas de course. Tout ce que lui aimait dans ce secret des débuts, vivre comme qui risque sa peau dans cette existence à deux, comme dans les films d'espionnage.

Elle revoit aussi la pile de livres lus à côté du lit qui lui servait de table de chevet et qu'elle renversait à chaque réveil, quand ils se levaient en catastrophe pour filer à la boîte de prod. *L'Information*, de Martin Amis, avec un aller simple inséré dans ses pages. Janvier 2008. *Le Passé*, d'Alan Pauls, qu'elle a lu jusqu'au bout pour lui uniquement ; en aucun cas pour elle-même. Un livre dans lequel il ne se passe rien, mais quelle merveille, disait-il. *Océan mer*, *Manituana*, *62 - Maquette à monter*, tous les livres au format poche de Terry Pratchett. Il faut absolument que tu lises celui-ci, insistait-il, nu, tenant dans la main *Le Jour du Watusi* : le meilleur livre que ce pays ait enfanté depuis cinquante ans, au bas mot. Mais elle ne l'a jamais lu. Des années plus tard, elle continuerait de s'en saisir dans la bibliothèque, où les livres de l'un se mêlaient désormais à ceux de l'autre, à la recherche d'une piste, d'une révélation. Et y trouverait une dizaine de ces flyers que l'on distribuait à l'entrée du métro : exorcistes, sorciers, médiums. De petites photocopies carrées d'arnaques ésotériques du début du siècle.

Ils s'invitèrent l'un dans la vie de l'autre sans aucune forme de précaution. Voici ma famille. La mienne se trouve loin, dans le Nord. Mais ils ne manquèrent pas de voyager afin de la rencontrer. Sans passer la nuit à la maison, à peine le temps de boire un café avec sa mère et sa grand-mère sur le *paseo*. Tout le monde plutôt silencieux. Elle se revoit nue sur lui dans le lit, observant la mer à travers la fenêtre de l'hôtel le plus haut perché sur la montagne. Lui, qui ne savait jamais dans quelle direction se trouvaient le port, la plage. Elle, lui expliquant que son village était divisé en quatre. D'un côté du fleuve, le village de carte postale, *abertzale*, *euskalduna*. En face, la rangée de maisonnettes de pêcheurs. À flanc de montagne, les maisons construites en contrebas du hameau pour héberger les marins qui affluèrent au plus fort de l'activité de pêche, le quartier galicien. Puis le quartier ouvrier où vivent sa grand-mère et sa mère, qui naît au pied de la rigole du fleuve et qui s'étend vers les nouveaux quais. Coincé entre un pont ferroviaire et la ria. Ce n'est pas simple, je sais, se moquait-elle.

Elle se trouve où la mer, là ?

Là-bas, répondait-elle.

Mais, réfléchis, là-bas c'est en direction de la France, donc ? Tu nous embrouilles.

Écoute, ici c'est le village. Puis elle traversait la rue en quelques enjambées : Et ici, c'est déjà la ville.

Lors de ce voyage, un soir, elle fit un malaise. La fièvre monta au-delà des trente-neuf degrés et elle dormit presque toute une journée. Au réveil, elle découvrit sa mère assise à son chevet en train de lui changer les compresses d'eau froide sur le front. Tu as des plaques ? Je ne peux rien avaler, *ama*. Pendant ce temps, il fumait sur la terrasse, dos à la chambre.

Pourquoi l'avait-il appelée ?

Leur premier choc véritable fut l'interruption de sa première grossesse. Tout allait bien. Ils étaient toujours deux. Elle s'affranchit du poids qu'elle charriait depuis bientôt neuf mois. Une éraflure, presque rien. Peu après, elle fut renvoyée de la boîte de prod et se mit à travailler de chez elle. Passant nombre de matinées seule. Elle acceptait toutes sortes de contrats, publicités, films d'entreprise, n'importe quoi. Mais son vœu était de faire des documentaires, elle voulait raconter.

C'est là qu'ils décidèrent, maintenant. Et Ruth arriva, la petite vint au monde et l'attrapa aussitôt. Ils cessèrent de dormir et cessèrent de se voir. Mais pourquoi pleure-t-elle autant ? Ce n'est pas la faim, elle vient de manger. L'amour avait changé de cap et convergeait en un point extérieur. L'épicentre d'une femme exposée aux intempéries déporté vers un petit corps qu'il fallait protéger. Il aidait comme il pouvait. N'y parvenant pas. N'étant pas là. Marchant sur des œufs, trop effrayé de réveiller le fauve. Puis la gueule de bois difforme des somnifères. Je n'en ai pris qu'un, un quart seulement, rien que les miettes au fond de la boîte. N'importe quel faux pas se transformait en dispute qu'ils traînaient sur plusieurs jours. Était-ce cela la fin de l'amour ?

Le passé remontait en elle comme un sceau orographique et elle le verbalisait sans y réfléchir à deux fois : Et si je ne réalisais pas et que la petite tombait à l'eau ? Quelle eau ? l'interrogeait-il alors. Je ne sais pas moi, quelle eau. Comme Matías. Qu'est-ce que tu racontes ?

Il cessa à son tour de la regarder. La peau, plus jamais. Les yeux, plus jamais. Deux adultes voués à l'organisation des soins d'un petit corps qui s'allongeait et investissait un espace de plus en plus grand. Le seul espace possible, merveilleux et terrifiant, entre un homme et une femme qui aiment et élèvent quelqu'un de nouveau. Cependant, elle de plus en plus en dehors.

Quand elle se dit qu'il n'y a plus de retour envisageable, que la seule possibilité est de s'en aller, quand elle se dit qu'éventuellement ils auraient pu arranger les choses à un moment donné, mais plus maintenant, elle s'arrête net devant une plaque blanche avec une inscription. Elle la fixe pendant de longues minutes, sans la lire. Elle sait exactement ce qu'elle rapporte. Elle revient à elle et bat des cils pour s'humecter les yeux et regarder plus loin : la silhouette blanche sur le rocher, c'est celle de quatre hommes abattus par la police à cet endroit précis du chemin. Elle sait qu'un animal y est mort également. Que tous ont été exécutés à bout portant. Plus de vingt balles dans chaque corps. Que l'on a entendu les coups de feu dans toute la baie. Chez elle aussi. Que le grand-père a jeté un œil depuis la terrasse. Viens, Miguel, rentre, s'il te plaît. Elle-même a perçu le mitraillage. Que des journées plus sombres encore lui ont succédé. Que l'obscurité mettrait longtemps à s'estomper. Que sa mère n'a pas dit un seul mot de toute la journée.

À l'intérieur de son manteau et contre sa cuisse se met à vibrer son téléphone. Oui, oui, je n'ai pas répondu, mais retrouvons-nous. Viens voir avec moi d'où est parti ce navire. Mais seulement si tu en as envie. Je peux y aller toute seule.

À bord de la navette, au retour, la famille à trois semble fâchée. L'enfant dort sur l'épaule de sa mère dans la pose désarmée de qui fait confiance et la grand-mère et la mère observent chacune une pointe opposée de la baie. Elles ne se parleront pas au moment de débarquer la poussette à quai, mais elles exécutent et coordonnent leurs mouvements telle une équipe bien rodée.

Elles s'éloigneront ensemble. En silence.

15

LA POUPÉE AU VISAGE DE PORCELAINE

(Ruth)

Ce que j'aime chez les enfants, c'est qu'ils ne s'apitoient pas sur leur sort. Ils n'éprouvent pas de peine pour eux-mêmes. Ils évoluent dans une sorte de réalité plus simple. Cela dit, faut pas croire, ils savent détecter n'importe quelle tristesse chez l'adulte. Tu peux les berner, mais impossible de rien leur cacher. Ils reconnaissent la violence quand bien même on ne parlerait pas d'elle en leur présence. Ces silences laissent une empreinte. C'est une question de survie. Nous sommes des animaux. Nous ne sommes rien d'autre que des animaux. Comme des marques en nous qui feraient leur apparition et dans lesquelles s'accumuleraient les années. Regarde-moi. Puis un jour, sans la voir venir, alors que tu rends visite à un parent éloigné ou que tu te sens vulnérable, à côté de ton assiette, *bim*, tu te retrouves confrontée à une angoisse que tu n'attendais pas. Alors, l'adulte entrevoit quelque chose qui se trouvait là, comme s'il ouvrait une boîte, et il se souvient et en reconnaît l'origine. La reconnaît avec anxiété. Comme lorsque tu te souviens soudain d'une dette que tu as oublié de solder.

On mangeait du poulet à Noël. Mais pas rôti, étant donné qu'on n'avait pas de four. Ma mère nous envoyait voler des amandes dans les vergers. Elle frappait à toutes les portes du quartier jusqu'à parvenir à échanger deux poissons frais contre quatre œufs. Elle utilisait les blancs pour la tortilla. Avec les amandes hachées et les jaunes durs, elle préparait une sauce dans laquelle elle faisait cuire la viande. Les amandes ramollissaient. Le poulet se teintait de jaune. Chez nous, ni l'*Olentzero** ni les Rois mages ne venaient nous rendre visite. Les voisines ne venaient pas nous voir. On n'avait rien à offrir. La dernière année passée ensemble, on nous fit cadeau d'une pomme à cidre pour Noël, une pour chacun. J'ai tellement attendu pour la manger que le jour où je me suis enfin décidée, elle était piquée par les vers.

Dans cette maison il n'y avait jamais rien qui ne soit pas à sa place, parce qu'il n'y avait rien à déplacer. On n'avait pas d'habits du dimanche, c'est pourquoi on ne se pomponnait pas pour dîner. Cependant ma mère nous lissait les cheveux avant de nous asseoir à table

* Personnage de la tradition basque qui fait son apparition à Noël.

et nous apprêtait de quelques gouttes de lavande et de bergamote que mon père lui avait rapportées d'un port en France. Elle posait ses doigts sur l'ouverture du flacon pour ne rien perdre du précieux liquide et nous l'étalait sur les cheveux. Puis, elle remisait aussitôt le flacon sous le lit pour le protéger de la lumière.

Cette nuit-là, ma mère chantait. Elle se réunissait avec sa sœur aux dernières heures de la nuit et faisait du chant une obligation à laquelle nous étions tous tenus de participer dans la bonne humeur. Ronde de chaises. Bouteille vide d'anis. Mortier en métal et presse-purée. Ni touron, ni petits sablés. Ma mère chantait beaucoup avant la guerre. Après, elle s'est tue. Lorsqu'elles étaient petites, dans son village, des voisins originaires de Cadix leur avaient appris des chansons du répertoire populaire qui n'avaient rien à voir avec les fêtes. « Le curé ne va pas à l'église, dit la petite, pourquoi ? » Si le poêle s'éteignait et que le bois pour la journée avait brûlé, chacun rentrait chez soi et au lit. « Parce qu'il n'a pas de chaussures, des chaussures je lui donnerai. *Ora pro nobis*, *kirie eleison*. » Farine de cacao à l'eau, mais pas de *churros* pour le petit déjeuner du premier de l'an.

Sur cette photo, on est sur le parvis de l'église pour la messe de minuit de 1935. La seule fois où on y est allés. Mon père portait Matías qui dormait sur ses épaules comme un agneau. En sortant de la messe, il nous a déposés à la maison et n'est rentré que le lendemain. Regarde ma mère, elle a vingt-cinq ans seulement, trois enfants et cet homme.

Je n'avais jamais eu d'affaires à moi.

Et je n'avais pas désiré en avoir non plus.

Je ne comprenais pas ce que c'était que posséder quelque chose.

Ma robe en percale avait appartenu à ma sœur avant moi. En revanche, les chaussures étaient bien à moi, avec leurs lacets, les mêmes en été comme en hiver, défigurées par mes os plats jusqu'à ce que la chaussette affleure au travers de la semelle usée ou que mes doigts de pied se retrouvent tellement serrés à l'extrémité que je ne parvienne plus à marcher. La tache de fumée au mur et le matelas trop étroit pour recevoir trois corps n'avaient aucune importance. Pas plus que de porter les mêmes vêtements tout au long de la semaine. Mais tous les soirs, avant d'aller se coucher, alors qu'on était déjà au lit, ma mère nettoyait nos chaussures et les laissait à côté du poêle afin de les y faire sécher et de les réchauffer pour le lendemain.

Lors du premier Noël passé à Châtelineau, on a réalisé que notre vie tout entière au village n'était que misère. Oui, c'est bien cela, misère.

Début décembre, Sinterklaas m'avait déposé une boîte de chocolats de différentes amertumes et une poupée au visage de porcelaine et corps en carton et chiffon, avec deux jambes très longues en comparaison. Elle m'a tout de suite plu. J'avais, pour la première fois, un jouet et il m'appartenait. Un objet fabriqué expressément pour amuser. Pas un cerceau en fil de fer. Ni un bout de barque découvert sur le quai.

Cette poupée était à mes yeux une fille de deux ou trois ans dans une robe à fleurs à empiècement et col blanc. Son visage était rond et pâle comme celui d'une actrice américaine. Ses yeux bleus, énormes, bordés de lignes noires et grands ouverts, affichaient une surprise permanente, sa bouche était petite et peinte en rouge. Elle portait de petits bas blancs et des chaussures en papier mâché. Posée debout sur le sol, elle m'arrivait au-dessus de la taille. Je dormais avec elle, lui faisais une place à table, la sortais dans le jardin sous la marquise et m'imaginais rentrant à la maison par le train accrochée à son corps rigide et l'exposant fièrement dans les jardins de l'Alameda. Cette poupée a grandement allégé ma peine.

Je l'ai appelée Marie.

Fin novembre, on nous emmena sur la place pour découvrir le marché et Sinterklass. On a longuement fait la queue et lorsque mon tour est venu, je me suis cramponnée à ma marraine.

Non, non, lui ai-je dit. Je préfère pas.

Ivo nous a saisies toutes les deux par le poignet et nous a plantées face à cet homme dans ses habits rouge et blanc d'évêque. Ces filles ont échappé à la guerre d'Espagne, lâcha-t-il. Eh bien, c'est en Espagne que nous envoyons les enfants qui n'ont pas été sages. Cet évêque et ses assistants noirs pouvaient donc me renvoyer dans mon pays. Quelle n'a pas été pas ma surprise. Est-ce qu'on m'y avait emmenée pour me renvoyer chez moi ? Ne crois pas que j'étais parfaitement convaincue que cet homme était Sinterklaas, ou qui que ce soit d'autre. Le fait est qu'il m'a regardée et m'a dit : Il me semble que tu as été sage, n'est-ce pas ? Je n'ai pas répondu.

Sage comme une image ! Si, si, disait Ivo. Une adorable petite fille. Alors, pour elle, *une grande poupée*.

Et je l'ai eue. Quelques jours plus tard, à l'heure du réveil, à côté de la cheminée se trouvait ma poupée.

Maintenant, je vais te parler de quelque chose que tu sais déjà. Ferme la porte. Pas pour ta mère. Seulement, je ne veux pas que ça sorte d'ici. Comme si la peur ne campait pas déjà au-dehors. Tu ne dois pas te rappeler la première fois que je t'en ai parlé étant donné que ta mère a imposé par la suite un silence absolu. À quoi bon toutes ces histoires. La petite s'est remise à vouloir dormir dans mon lit. Ça suffit maintenant, c'est de l'histoire ancienne. On ne parle pas de ce qui n'existe pas. C'est du bruit, c'est tout. Dis-toi bien que je ne prends aucun plaisir à le raconter. Et moins encore en ce moment. Ta mère se braque parfois au sujet de choses sans importance. Ça la regarde. Elle aurait dû faire des sciences et laisser les autres découvrir d'où viennent ces trous incompréhensibles dans la vie de chacun. Il y en a dans la sienne également. Même si elle n'en parle pas ou qu'elle ferme les yeux dessus. Et puis, rien ne sert de s'entêter à oublier tout ce qui a pu bouleverser nos vies. Ta mère a manifesté une grande aversion pour le passé. Mais vois donc, personne n'en réchappe. Ta propre mémoire a besoin de la sienne. Au bout du compte, te voici revenue pour me demander de raconter. Eh bien, je vais te raconter. Chez Élise avaient lieu certaines choses que je n'ai jamais réussi à m'expliquer. Pas encore. Qui sait si je ne vais pas le découvrir maintenant.

Le temps passant, nous étions de plus en plus habituées à la vie chez Ivo et Élise. Ils n'avaient pas pu avoir d'enfant. Des années plus tard, alors qu'Élise était déjà décédée, Ivo nous a raconté dans une lettre qu'elle avait enchaîné les fausses couches du fait d'un problème qu'elle avait dans le sang. Elle fabriquait des caillots qui allaient se loger dans le cœur du bébé. Il lui est arrivé la même chose qu'à toi, l'un d'eux est mort déjà grand dans son ventre. Il s'est arrêté de bouger. Elle a accouché chez elle. Un garçon énorme, ce sont les mots d'Ivo. Elle a alors renoncé à faire des enfants.

Ils savaient que notre présence chez eux pouvait prendre fin à tout moment. Qu'ils ne devaient s'occuper de nous qu'un certain temps et qu'il était convenu de nous laisser partir le moment venu.

Je ne les ai pas aimés comme mes parents, non, le sentiment ne naissait pas de mes entrailles, mais peut-être que ce n'était qu'une question de temps. Cette époque, dans la vie de ma sœur et dans la mienne, a eu son importance. Une parenthèse de peine et de joie à la fois. Si toutes les années que j'ai vécues devaient former un puzzle, cet exil serait une pièce très grande compte tenu des quelques années qu'elle recouvre. Tu découvriras un jour comment placer tes propres pièces, mais il est trop tôt pour ça.

Toujours est-il que l'absence de nouvelles de la famille pesait sur nos cœurs. Je me sentais coupable lorsque je parlais et m'exprimais dans un français de plus en plus fluide, lorsque je marchais pieds nus sur les tapis douillets de la maison, lorsque je me lavais le visage à la savonnette. Il m'était impossible, à chaque fois que j'avalais une cuillérée de soupe chaude, de ne pas évoquer la bouche encrassée de mon frère. Tout ce qui avait précédé se transformait petit à petit en un film muet dont les scènes se brouillaient et défilaient à une vitesse croissante.

Qu'y a-t-il, *petite** ?

Et moi : *Rien**.

Un après-midi, alors que nous sautions à la corde dans le potager, entre deux sauts, en posant les talons sur la terre, il m'a semblé que quelque chose se brisait en moi. Amelia m'a accompagnée aux toilettes et s'est tenue de l'autre côté de la porte. Ruth. Quoi ? Il y a quelque chose, Amelia. En ouvrant, elle s'est mise à rire et m'a dit : Ça oui, il y a que tu es une femme à présent. Ne l'étais-je pas auparavant ? Au fond de ma culotte il y avait une tache brun foncé. Amelia l'a enveloppée dans du papier et m'a suggéré d'aller le dire à Élise pour qu'elle me donne des serviettes et des gazes. Mais je n'ai pas osé. J'ai traversé ces journées convaincue que j'allais mourir et marchant le dos collé au mur pour que personne ne remarque la boule de papier que je portais entre les cuisses. Je m'asseyais sur le bord de la chaise pour ne pas risquer de la tacher. Dès que je me levais, je jetais un coup d'œil rapide derrière moi. Je vais mourir, Amé, et maman ne te laissera pas rentrer avec sa fille morte. Tu te ferais battre.

Bien entendu, je ne suis pas morte. Ma marraine m'a prise dans ses bras lorsque je lui ai dit et m'a expliqué certaines choses avec énormément de maladresse. Je n'ai pratiquement rien compris. Si ce n'est que je saignerais tous les mois, même si je continuais à jouer des heures durant avec ma poupée, même si une part de moi croyait en Sinterklass. J'avais encore un pied dans le monde des enfants, mais une porte s'était ouverte et tous les vingt-huit jours, comme les marées, je regrettais férocement, profondément notre mère.

Je ne pouvais pas croire que ma mère, ma sœur, Élise et toutes les femmes que j'avais connues m'aient caché une chose aussi terrible. Et surtout, je ne pouvais pas concevoir qu'une chose pareille n'arrive qu'à nous, les filles. Qui aurait eu la présence d'esprit d'expliquer cela à une gamine en pleine guerre. À une gamine qui grandissait loin de chez elle, qui lui aurait raconté quoi que ce soit.

À l'automne 1940, quelques mois après la fin de la guerre, Élise a remarqué que je n'étais plus la fillette rebelle de l'arrivée, que mon indocilité disparaissait, laissant la place à quelque chose de pire, la tristesse. Elle décida alors d'écrire une nouvelle fois à la famille, exigeant des nouvelles. Les filles vont bien mais elles veulent savoir. Elle ne reçut aucune réponse.

Chaque fois que j'y pense, mon dos se tend, regarde mes mains, je ne peux pas les ouvrir. Un frisson me traverse. Ce n'est pas de la peur. C'est autre chose.

Tu sais bien qu'on n'était pas du genre à prier. Tout au plus on se signait sans conviction.

Amen, disaient-ils. Eh bien, Amen pour nous.

Lorsqu'il y a urgence à te remplir l'estomac, tu oublies qu'il y a autre chose à nourrir. Ce soir-là, Amelia eut un peu de fièvre et tournait en rond dans son lit. Je l'ai aidée à changer sa chemise de nuit qui était trempée. Je lui ai apporté un verre d'eau et l'ai découverte pour faire chuter sa température. Elle avait les joues rouges et brûlantes et les mains gelées. Élise avait passé tout l'après-midi avec elle. Ce serait bien qu'elle dorme. Veille sur elle, *petite**.

Je me suis assise au pied de son lit et me suis mise à lui parler afin de la distraire. Tu te rappelles la fois où tu es apparue toute blanche parce que tu étais tombée sur les sacs de la farinière ? Maman a dit que si elle avait une poêle suffisamment grande, elle t'y ferait revenir. Avec l'imprécision de la mémoire des premières années, on se rappelait aussi le tremblement des bombes, comment les hommes avaient progressivement disparu des maisons, la féria annulée cet été-là, les rues de plus en plus désertes. Avant de me mettre au lit, j'ai dit à Amelia que j'allais lui faire une infusion avec du miel. J'ai donc descendu les marches dans le noir. Dans l'entrée, j'ai entendu la voix d'Élise dans la salle à manger. Debout sur le palier, j'ai vu la porte d'entrée se refermer d'un coup. Ivo quittait la maison sous un parapluie. Mais Élise continuait de parler sans relâche.

Avec qui donc ? te demandes-tu.

J'ai rebroussé chemin parce que cela me paraissait étrange. On aurait dit qu'il y avait quelqu'un avec elle. À cette heure ? Impossible, personne ne venait nous rendre visite à la nuit tombée. J'ai tendu une main à Amelia en lui faisant signe de ne pas parler. On a descendu les marches petit à petit. Sur la pointe des pieds. Comme si nos petits corps pouvaient faire un quelconque bruit sur la moquette moelleuse. Tous nos doigts de pied s'enfonçant dans la laine claire au sol.

Les portes de la salle à manger étaient closes, n'était une frêle rainure au milieu. Deux bougies hautes illuminaient la pièce. On apercevait Élise de dos, assise sur une chaise. Ses paumes posées à plat et la tête appuyée contre le dossier. Elle est restée longuement en silence. Puis elle a repris la parole, à voix basse tout d'abord, sans que le son de sa voix nous parvienne, et puis elle s'est mise à crier : Du verre, du verre. Puis, du verre et l'enfant tousse. L'enfant tousse. Du verre, du verre. Elle faisait taire quelqu'un en secouant la main de haut en bas. Exigeait le silence. Ou alors elle envoyait une personne en faire taire une autre. On avait peur, parce que la voix anormalement caverneuse d'Élise provenait d'un endroit plus profond que sa gorge.

J'ignore, je te dis, ce qui se passait à ce moment-là de l'autre côté de la porte. Si tu me demandes, aujourd'hui, je ne saurais me l'expliquer.

Est-ce qu'Élise était folle ? Je n'en sais rien.

Le lendemain matin, quand je suis descendue annoncer qu'Amelia allait mieux, je l'ai trouvée assise en chemise de nuit devant une tasse de café à la même table de la salle à manger. Cette femme n'avait pas dormi. Au centre se trouvait une bassine en verre remplie d'eau. Elle m'a adressé un sourire et m'a tendu un papier plié en deux. À l'intérieur, dans une écriture pratiquement indéchiffrable, on pouvait lire :

Votre mère est rentrée à la maison.

Votre père non.

Tout est calme. Tout est mouillé.

Une lettre va arriver.

Sans se départir de son sourire, elle s'est levée et a regagné sa chambre. On ne l'a pas revue de toute la journée. Je ne l'interrogeais pas davantage parce que j'avais compris qu'il y avait dans le silence d'Élise une question qui ne pouvait être abordée. J'étais heureuse que ma sœur ait décidé de m'accompagner dans cette expédition ; autrement, j'aurais cru à un cauchemar. Ou alors, que j'étais moi-même malade et qu'on délirait toutes deux. Amelia et moi n'avons jamais insisté pour savoir.

Plus tard, on a été témoins de séances avec certains hommes et femmes qui arrivaient la nuit, alors qu'on était couchées, et à qui elle parlait, la tête immanquablement jetée en arrière sur la chaise et les mains ouvertes sur la table, les dix doigts en extension, de gens qu'ils avaient perdus, leur annonçait des guérisons, l'imminence de la rencontre amoureuse. Élise ne disait jamais de choses négatives lors de ces séances. Ivo quittait la maison à chaque fois.

Pour être tout à fait honnête avec toi, j'ignore ce que j'ai réussi à comprendre étant enfant, ce que je n'ai pas compris, et ce que je comprends maintenant.

Ce que j'ai pris pour une façon de vivre dans cette maison. J'ai renoncé à essayer d'en trouver les raisons. Ce qui m'intéressait peu ou pas. En revanche, on n'a jamais eu peur. Parce que Élise ne faisait pas peur. Elle ne nous a jamais inculqué la peur, il n'y a jamais eu de menaces. Rien de tout cela n'a jamais transparu à la lumière du jour. Amelia et moi avons gravé ces mots en nous et remisé le papier.

Ouvre-le, c'est ça, devant toi. Tu te rends compte comme ils viennent de loin, ces mots ?

La lettre arriva. Notre mère ne s'y épanchait pas excessivement. Elle se réjouissait que ses filles soient en vie et en bonne santé, remerciait toutes les attentions d'Ivo et d'Élise. Nous apprenait que sa sœur avait eu un autre enfant. Que ses frères étaient toujours en prison. Que notre immeuble retrouvait, peu à peu, ses résidents. Et que bientôt on serait toutes réunies.

Cette lettre avait enclenché un compte à rebours.

Lorsque la Seconde Guerre mondiale a atteint la Belgique, on a fait nos adieux à Élise et à Ivo et on est retournées en Espagne. Élise a pleuré pendant des jours, avant notre départ. À la gare de Bruxelles, avant qu'on monte dans le train, elle m'a remis Marie. Elle avait remplacé ses cheveux de laine par des mèches coupées dans sa propre chevelure blonde. En collant sa tête contre mon nez, je pouvais sentir l'odeur de savon d'Élise.

Un fois encore, nous laissions derrière nous un pays assiégé par la guerre.

Bien des années plus tard, j'ai remisé la poupée dans le débarras. Ta mère l'a connue et a même joué avec.

Pour ma part, je me disais que cette poupée ne faisait qu'apporter malheur aux femmes.

Jamais, et je sais que tu le sais, au grand jamais, ne pose une bassine d'eau sur une table.

Tu peux aller voir la poupée, elle doit se trouver là-haut. Va la chercher si tu veux.

C'est toi qui sais.

16

L'INTÉRIEUR DES OS

(Adriana)

Il avait possiblement les plus grands yeux que j'aie jamais vus sur un visage. La sclérotique : nette et luisante. L'iris couleur marron d'enfant. Marron nouveau. Perfection du globe oculaire et décharge du regard. Il se laissait pousser la barbe pendant des semaines et réussissait ainsi à se donner l'allure d'un naufragé qui aurait rejoint l'université à pied depuis la côte. J'aimais plonger les doigts dans cette barbe épaisse. Alors, on fermait les yeux. Non pas comme un rituel entre nous deux, car on n'a pas eu le temps de connaître l'habitude.

Ses cheveux lisses retombaient sur ses oreilles à partir d'une raie droite sur le sommet de son crâne. Et recouvraient à l'arrière le col de sa chemise. Le col était toujours élimé, le tissu de sa chemise toujours souple, du fait d'un usage répété. Mais pas au point de vouloir la remplacer. Pantalon aux jambes courtes qui s'arrêtaient au-dessus des languettes des chaussures. Les chevilles maigres. Les poignets maigres. Ses premiers cheveux blancs, aux tempes, pour son vingtième anniversaire. Puis il y avait sa bouche, les dents du haut qui poussaient légèrement en avant, soulevées par une plus que tardive succion de son pouce d'enfant. Une omoplate ébréchée à un bout à la suite d'un accident de bicyclette.

En s'allongeant, il croisait parfois ses mains sous sa nuque, une jambe sur l'autre, balançant le pied resté en l'air. C'était un homme insecte, un nageur au repos, une araignée à l'ossature longue repliée sur elle-même. Les épaules larges, pleines de panache, décidément droit. En son centre, un noyau très dense. Toujours souriant à pleines dents. Dangereux quand il se taisait. Oublieux des affects. Tellement résolu dans ses idées qu'il inspirait la peur, déjà. Ouvert avec les inconnus, mais jusqu'à un certain point. C'est dans cette fragilité, dans cette élégance des mouvements ou délicatesse non préméditée, dans cette ampleur des membres, que se dissimulait la dissidence. Il ne frappait jamais sans conviction. Mais à tort, presque toujours.

Je l'ai rencontré comme on rencontre beaucoup de gens, à la faculté de lettres. On s'est croisés en septembre 1975. Le mécontentement était à son comble. La dictature mourait en faisant des morts. Nombreux étaient les étudiants qui se réunissaient à la sortie des cours. On griffonnait des slogans sur les tableaux. Grimpait sur les tables d'où l'on criait des consignes.

Lui n'était pas de ceux-là. Sa lutte était silencieuse. Quand on a commencé à se voir, il m'a raconté certaines choses. Et vu que je parlais français, je faisais parfois des petites traductions pour eux. Je n'ai jamais su qui étaient ses amis. Ni d'où venait sa famille. Le soir, je rentrais chez moi fatiguée, mais lui n'avait nulle part où aller. Il a commencé à s'absenter pendant de longues périodes. Il revenait par la suite et tout était davantage tranchant.

Je n'étais pas une idiote qui s'était retrouvée la tête creuse. Je venais d'ici, de ce coude du fleuve, des réveils à l'aube, de la fumée et de l'acier. Mais, même avant de savoir que la petite commençait à exister, j'avais commencé à m'éloigner.

Je me tais. Je pense à son père, tandis que je prépare le dîner en silence. J'aimerais le lui dire. M'approcher de la vérité. Mais on a tellement amoché la vérité que je ne sais plus où elle se trouve. Avoir vingt ans. Lui, vingt-cinq. Croire frugalement en quelques consignes. Combien de douleurs après ça.

Qu'aurais-je pu faire ? Je n'ai jamais eu d'autre cause à défendre que celle de la protéger. Et lui, rien n'aurait pu lui faire entendre raison. Pas même un enfant. Aurais-je réussi à l'arrêter ? Aurait-elle réussi à l'arrêter ? J'ai toujours pensé que cela aurait valu la peine de s'en assurer. Ils s'enfonçaient dans une spirale de moins en moins défendable.

Esquiver les informations. Ne plus jamais chercher sa trace. Faire profil bas. Vivre dans l'ombre. C'est ce que j'ai fait. Prendre soin d'elle à défaut d'avoir pu prendre soin de lui. Et bien que tardivement, elle a fini par l'apprendre. Qu'il avait existé sous cette forme-là. Ma fille s'est sans doute posé les plus douloureuses questions. Je n'avais pas de réponses alors et n'en ai pas tellement plus aujourd'hui. J'ai donc opté pour le silence afin de la protéger. À présent je sais que c'était une erreur.

S'imagine-t-elle que cela ne me pesait pas ? Il était invisible, le centre autour duquel nous gravitions elle et moi. Au début, elle ne posait pas trop de questions. Du moins n'insistait pas trop. J'avais cru que les mots de ma mère en ce jour fatidique où elle était rentrée du collège pleine d'interrogations lui avaient suffi. Mais elle y revenait encore et encore, dis-moi, je veux savoir. Seulement moi, j'ai refusé de lui en dire davantage. Cela m'était impossible. Je n'avais rien à lui donner. Face à elle se déployait le chemin : Remonte-le si l'envie t'en prend. Alors elle a fait quelques pas et a effleuré du doigt ce qu'il avait été en même temps qu'elle s'éloignait de nous. Il se peut bien qu'elle ait compris qu'il n'y avait pas tant de choses à découvrir. Ou que je n'étais pas en mesure de lui fournir une quelconque réalité alternative. Que la violence est toujours par nature beaucoup plus ordinaire que l'héroïsme. Désormais, je suis convaincue que l'héroïsme n'est pas le contraire de la violence.

Ma mère lance des imprécations en l'air depuis le canapé du salon dans l'espoir qu'on vienne s'occuper d'elle. Toute la nuit elle a appelé sa mère en rêve. Aujourd'hui ça ne va pas fort.

Je l'entends depuis l'autre bout de la maison, je vois les écailles des poissons se couvrir d'une pellicule brillante et polie et je les retourne plus que nécessaire. Leurs yeux tombent de leurs orbites. Leurs flancs se ratatinent dans la poêle. Elle le sait maintenant : nous, les mères, nous ne sommes pas toujours là où nous prétendons être. Voici la mienne peut-être plongée dans un hiver des années quarante. Nous aussi nous partons loin, même avec les deux pieds dans des chaussons claustrophobes posés sur un carreau de cuisine. En retirant le poisson du feu, quelques gouttes d'huile bouillante m'éclaboussent. Je fais couler l'eau froide, place le bras sous le jet et trempe un chiffon de cuisine que je pose sur ma peau.

Assise à deux pas de moi, elle prend des notes dans son cahier et ne lève pas les yeux de la table. La voici, en chair et en os revenue. Je peux l'aimer jusqu'à la moelle et en même temps l'observer comme le souvenir d'erreurs commises l'une après l'autre.

Elle est aussi ça.

Tout ça c'est moi également.

Et tout ce que j'aimais chez lui, je le déteste quand je le retrouve chez elle.

Et inversement.

17

HABANA

(Adirane)

Lorsqu'ils se mettent en route, autour de dix heures, le soleil brille. Cependant la mer pousse de gros nuages noirs vers l'intérieur des terres et l'atmosphère est lourde. L'autoroute qui relie une ville à l'autre a été coupée. C'est pourquoi ils iront par la route du littoral. Cela prendra deux fois plus de temps. Qu'importe. Du moins, elle, ça ne la dérange pas.

La forêt se dresse derrière le visage de profil de Jon, comme une toile de fond sur la scène d'une école où l'on aurait représenté des rangées de pins de plus en plus petits, de plus en plus imprécis. Elle semble entonner une chanson, soutenue par des voix d'enfants. C'est le langage de la montagne. Un chœur troublant. La voix qui se détache des coteaux sinueux jusqu'à la mer.

Elle ne l'observe que lorsqu'il dépasse, en même temps qu'elle jette un coup d'œil réflexe dans les rétroviseurs. Elle dit c'est bon pour lui signifier de démarrer, valide la manœuvre, prévient quand les feux passent au vert ou lorsqu'un homme s'apprête à traverser la route au milieu d'un village côtier. L'homme, reconnaissant, lui adresse un salut avant de poser à nouveau la main sur son chariot. On devine la chaleur dans la bulle transparente, le crépitement des gouttes sur la capote, rêve plastifié d'enfant. Il lève le menton sans un mot en guise de réponse. Un marteau piqueur percute le macadam un peu plus loin. Les travaux sur la chaussée provoquent chez elle une certaine fascination, précisément à un moment où elle se sent exclue des routines quotidiennes. Comme si elle pressentait que seule la vie des autres continuerait d'avancer vers un futur de pavés solidement ancrés. Pas la sienne. Les genoux de Jon butent sur la carrosserie sous le volant, tu es trop grand pour cette voiture, pense-t-elle. Est-ce que le frottement constant des clés sur ses cuisses ne le gêne pas ?

Te voilà bien silencieuse.

Toi aussi.

L'autre jour.

Quoi donc ? Elle fixe son sourire, mais ça n'a rien de drôle. C'était quoi ?

Eh bien.

Non, pense-t-elle, ce n'est pas le moment d'en parler, la flemme, il leur reste encore pas mal de route à faire. Elle voudrait lui dire que si lui a besoin de consolation, de vider son sac, ce n'est pas son cas.

Qu'elle porte déjà bien assez sur ses épaules. Que ça ne va rien changer d'en parler. C'est bon maintenant.

Elle étire les jambes puis les replie. Examine ses bottes, le bas de son pantalon froissé dans la tige en plastique, serre une cuisse contre l'autre, ses genoux s'entrechoquent. Elle ferme un œil pendant quelques secondes, puis l'autre. La réalité semble passer d'un plan à un autre, à droite puis à gauche. Après quoi elle ferme les deux yeux et la réalité disparaît.

C'est arrivé, lui répond-elle. Un peu plus près de chez toi que d'habitude, c'est tout. Dis-moi, on ne va pas parler de ça, non ?

D'accord. Mais ça m'inquiète que cela se soit produit précisément maintenant.

Pourquoi est-ce que ça devrait t'inquiéter.

Je ne sais pas. On dirait que ça ne va pas fort.

Comment ça on dirait. Tu sais très bien que ça ne va pas. Mais je peux être au plus bas et savoir quand même ce que je fais. Ne me parle pas comme si je ne savais pas ce que je faisais. Ou comme si toi tu ne savais pas ce que tu faisais.

Du coup, on le sait ?

Elle lève les yeux au ciel, mais il ne peut remarquer sa moue. Elle pose sa tête contre la fenêtre. Le froid de la vitre calme son énervement. La route est étroite. Le monde qu'ils habitent se tord, fragile et menu, sur le flanc des montagnes sans atteindre la mer. La terre conserve la vie sous elle, fertile et humide. Des millions d'animaux silencieux entreprennent le chemin vers la surface. Ils mourront en été.

En ce lundi de février, dans un ciré de pêcheur jaune, tandis que la voiture prend des virages à cent quatre-vingts degrés qui découpent la montagne, et qu'elle ne s'arrête pas sur la vue pour ne pas avoir la nausée, avec près de vingt degrés au thermomètre, elle observe l'horizon et imagine un bateau, environ quatre-vingts ans plus tôt. Un bateau à la quille rouge et au franc-bord blanc, avec une large cheminée, qui ne traverse pas l'océan. N'arrive pas à New York. Ne mouille pas dans le port de La Havane. Les valises de ses occupants sont des sacs en toile de jute. Les danses dans le grand salon sont des jeux pour enfants. Sur le pont, les voyageurs ne fument pas en regardant l'horizon, personne n'entreprend de conversations transcendantes. Sur le pont vomissent des enfants décharnés qui ont laissé à quai leurs mères tristes, leurs mères abandonnées. C'est un bateau rempli de cris et où il ne rentre pas un corps de plus. Bateau hôpital. Bateau école. Bateau maison. Et qui suit le tracé de la côte, remonte le profil des pays et fait escale dans leurs baies. Qui déverse, dans un petit port français, des milliers d'enfants seuls et affamés. Qui les met à l'abri.

Elle se demande si elle aura encore la possibilité de raconter cela à sa fille lorsqu'elle sera grande. L'amener jusqu'au promontoire, lui montrer la mer : ma grand-mère est partie dans ce bateau. La distance qui se creuse irrémédiablement entre les générations la désole. Il se peut bien que sa fille ne sente jamais de peine ou de compassion pour ces fillettes. Comme si les enfants d'antan ne souffraient pas de solitude. Elle pense alors à sa propre arrière-grand-mère et à la façon dont l'histoire s'est répétée de bouche à oreille et d'un lieu à un autre. À toutes ces mères qui donnent leurs enfants pour les mettre à l'abri. À comment cet épisode familial s'est transformé en un poids, semblable à une cargaison génétique, une coordonnée brisée dont elle s'est chargée. C'est d'ici que l'on vient, lui dirait-elle, et qui sait ce qu'elle entendra par « ici ». Écoute, ma fille, le bateau a été construit ici même, mais il n'existe plus, parti à la casse, et peu de ces enfants qui criaient à bord sont encore en vie.

Elle ne se rend pas compte qu'il a quitté la route, ou qu'il s'arrête dans une clairière à l'endroit même où le chemin cesse de grimper et entame sa descente. Il y a là un petit grill aux vitres panoramiques donnant au-dessus d'un précipice. Sur un côté, des balançoires en fer qui rouillent dans la brume depuis plusieurs décennies. Quand ils entrent, un groupe d'hommes discutent de ce qui est diffusé à la télévision. Leurs voix graves s'invitent dans le silence qu'ils charrient. Elle se dirige vers les toilettes et il y a, à son retour, deux cafés sur la table.

Alors qu'elle s'apprête à lui dire qu'elle ne voulait

pas de café, il secoue énergiquement un sachet de sucre et déclare qu'il s'inquiète pour elle, c'est tout.

Mais toi, ça va ? demande-t-elle. Car cet homme veut peut-être simplement parler un peu de lui. Raconter son histoire. Se voir accorder quelques minutes d'attention véritable. Éprouver de la peine pour lui-même face à quelqu'un devenu une autre, mais auprès de qui demeure une familiarité ancienne. Elle lui permettrait alors un moment de faiblesse. Et poserait sur lui un regard proche de la tendresse. Elle lui passerait une main dans le dos. Oui, je te comprends, lui dirait-elle, je te comprends si bien.

Je suis toujours pareil.

Résigné ?

Non. Bien. Le travail me plaît, rien de bien passionnant, mais je suis parfaitement autonome à la station de dessalement. En vingt ans, je suis passé par tous les départements. Et avec Nora, eh bien, on prend soin l'un de l'autre. On n'a plus les mêmes besoins qu'auparavant. On a vécu beaucoup de choses ensemble. Il n'y a pas la moindre hésitation.

Qui a dit que tu hésitais ? Vous n'avez jamais voulu avoir d'enfants ?

Tu as vu l'état du monde ? Je ne souhaite pas cela pour mon enfant. Il suffit d'écouter les infos. Et puis, quoi qu'il en soit, on ne l'a jamais vraiment envisagé. Nora en voulait au tout début, mais ça n'a jamais été très clair pour moi. Je bottais en touche dès qu'elle m'interrogeait. Maintenant il est trop tard. On est bien comme ça. Je ne ressens pas le besoin de perpétuer mes gènes dans quiconque. Je ne veux rien imposer venant de moi à personne. Dans notre vie, il n'y a pas la place pour un enfant. Ni dans notre appartement, soit dit en passant. J'ai suffisamment de boulot avec moi-même. Et je ne désire pas m'occuper d'un autre uniquement parce que c'est ce que l'on attend de moi. J'imagine que tu dois me trouver parfaitement égoïste.

Mais Adirane ne trouve pas. Elle trouve, en revanche, qu'avoir un enfant n'a rien à voir avec les raisons qu'il invoque. Il lui paraît impossible de renoncer à faire un enfant sans avoir entraperçu l'ouragan qui frappe alors notre existence. L'amour et la fatigue. La tendresse et la plus atroce des peurs. La raison de ne pas avoir d'enfant, se dit-elle, même si Jon ne le dévoile pas avec la même véhémence intelligible et logique, bien que cela sorte par tous les pores de son discours sur la liberté et le désir, c'est la panique de savoir que quelqu'un dépend de soi. Ce pas en avant qui laisse à jamais l'insouciance derrière soi. La terreur qui surgit après une naissance, notre véritable extinction.

Mais elle ne rebondit pas sur le sujet parce qu'elle devine la voie sans issue que ce serait pour elle d'en parler. Ils se lèvent et partent en disant *agur*, bien que personne ne se retourne ni ne réponde, ne constate leur passage dans l'établissement. La porte claque contre le chambranle froid. Il lâche une bouteille d'eau à ses pieds et glisse un chewing-gum dans sa bouche. Il ajuste le rétroviseur et boucle sa ceinture. Place le bras sur son repose-tête, fait une marche arrière et rejoint la route. La mer s'impose comme une frontière dont ils se rapprochent puis s'éloignent jusqu'à la perdre de vue dans leur dos. Ils entament la descente vers la ville. Alors là oui, elle sent le besoin de parler.

Je ne sais pas trop comment expliquer ce qui m'arrive.

Quoi donc ?

Comment ça, quoi donc ? Je lui dis que le plus important est derrière moi. Je t'ai déjà dit ce qui m'amène ici. Je veux filmer Ruth. Apprendre des choses, mais…

Oui, tu voulais filmer. Tu peux commencer n'importe où. As-tu obtenu ce que tu es venue chercher ?

Pas tout à fait.

Je vois.

Le téléphone se met à sonner sur le tableau de bord et elle s'efforce d'écouter le moins possible leur conversation. Tout est très doux : sa voix à elle, la sienne, leur façon de lier les phrases et leurs assentiments. Je ne serai pas là pour déjeuner, c'est sûr. Sur la corde à linge. Ne t'en fais pas. Profite. On m'a appelé pour l'alarme. Mardi, impossible, j'ai une réunion à quinze heures. Nous serons rentrés à l'heure du dîner, n'est-ce pas ? Oui, répond-elle. Je t'aime, dit-il. *Agur*, dit-elle.

En raccrochant, il lui dit *sorry*. Il lui dit ça. Un mot ridicule censé exprimer le regret, puis il la regarde et hausse les sourcils et sourit et elle reprend.

Ça n'allait plus. Je suis partie.

Mais tu vas y retourner ?

Je suis une mère.

C'est à cause de lui ?

Non, à cause de moi.

À cause de lui ou à cause de la petite ?

Comment ça à cause de la petite ? Imbécile, réfléchis un peu. C'est à cause de moi, insiste-t-elle : À cause de moi, de moi.

Tu ne te sens pas bien ?

Au-dedans ou au-dehors ? Je ne sais plus de quoi on parle.

Au-dedans. Au-dehors, tu n'as pas changé.

Il me tardait que tu me le dises, car je ne le crois pas, non.

Et moi ?

Toi, tu es vieux.

Quelle garce.

Ils rient ensemble, elle regarde devant elle. Ils contournent la ville, ils ont échoué en beauté, mais elle ressent la tranquillité qu'apporte ce qui est donné pour perdu.

Adi.

Dis-moi.
C'est quoi ici ?

Ils garent la voiture sur le bord de la route à deux pas du cap, mais sans savoir ce qu'il y a derrière le virage. À quoi s'attendait-elle ? C'est donc d'ici qu'elles sont parties. L'eau est un miroir tranquille découpé par les docks du port nouveau, lignes droites qui gênent l'accès à la ville, où s'empilent des murailles de conteneurs colorés. Elle ne s'est jamais intéressée à toute cette vie portuaire qui conditionnait les espaces et les routines chez elle. Mais ici, il n'y a pas de maisons. Ici, on a du mal à se représenter l'horizon sans ces grues.

Elle installe la caméra sur le trépied et se met à filmer en direction de la mer et en direction de l'intérieur. Elle filme les jambes longues et croisées de Jon. Le bout de sa botte contre le sol. Lui ne fait pas attention à elle. Il se tient à la barrière du point de vue panoramique puis étire les bras, ramène ses talons à ses fesses à l'aide de ses mains, étirant une puis deux jambes. Ça va, mec, pense-t-elle, on n'a fait que deux heures de voiture. Un navire traverse le port et se perd dans la mer par-delà la pointe.

Je ne me sentais pas bien, lui dit-elle, mais je ne saurais t'expliquer de quelle façon. Or si je lui disais que j'allais mal, je voulais qu'il me réponde : On file à l'hôpital, alors. Qu'il aille chercher la voiture et qu'il m'emmène dans un putain d'hôpital. Même si je savais parfaitement que ce que j'avais ne pouvait être pris en charge aux urgences. C'est ce que j'avais dans la tête et ne lui disais jamais.

Et tu vas mieux depuis ?

Oui. Et non. Arrête de me poser cette question. J'étais anxieuse. J'en tremblais. Quelque chose clochait et je n'aurais su dire quoi.

Alors, quand est-ce que tu rentres ?

Elle soupire parce qu'il ne comprend pas que sous la simplicité de ses questions se cache le plus important. Je ne sais pas. Demain, la semaine prochaine, d'ici quelques mois, qui sait ?

Raconte-moi ta vie là-bas.

Tu sais tout. Je prends des petits projets. Je vais chercher ma fille à l'école. On rentre à la maison. L'après-midi on joue. Je lui prépare son dîner. Elle s'endort. Les week-ends on rejoint des copains à la montagne. On se fait des bouffes. Comme toi, quoi.

Pas tout à fait, quand même. Et lui, il est où dans tout ça ?

Non, non. Tu te trompes. Il fait partie de tout ça.

Alors ?

Alors, quoi ? Je n'en sais rien.

Ils s'installent dans un restaurant à deux pas du vieux port, elle commande un steak grillé et lui dit non, des sardines, mais elle a horreur du goût douceâtre de la chair blanche du poisson gras. Elle ne veut pas sentir dans sa bouche l'arôme du charbon, pas pour moi. Il s'occupe l'esprit en piquant le citron au bout de sa fourchette et en aspergeant les filets dont il a, au préalable, délicatement retiré la peau. Elle ne comprend pas d'où lui viennent ses manières dans le maniement des couverts et mâche à la hâte chaque morceau de viande avant de le faire descendre avec une gorgée de vin rouge. Quand ils ont fini, ils se promènent sur le quai, elle filme le vol strident des mouettes. Elle le filme de dos. Sous ses pieds, il lui montre, tel un enfant qui aperçoit l'empreinte d'un animal sur le sentier, une plaque commémorant le départ du paquebot qui arracha sa grand-mère à la misère et à la mort. Adi, la voilà. Sous une grue ancienne : une rose des vents, les avions noirs, l'étreinte ultime illustrée sur les carreaux de faïence, des enfants qui brandissent un poing en l'air, un carton blanc sur la poitrine.

Ils s'assoient les pieds ballants au-dessus de l'eau. Elle cède à une nouvelle camaraderie. Je me sens fatiguée, c'est à cause du vin, ça m'a coupé les jambes. Je n'arrive pas à penser correctement. On rentre quand tu veux, dit-il. Tu peux faire une sieste dans la voiture.

Ils entament le trajet du retour. Elle ne range pas la caméra. Elle filme le paysage brouillé par la vitesse. Les gouttes de pluie qui se déplacent sur la fenêtre. Elle filme son propre reflet dans le rétroviseur. Il sort son téléphone de son pantalon en se tortillant sur son siège. Lui demande de mettre un peu de musique. Je mets quoi ? répond-elle. Cherche ce qui pourrait te plaire : il a un dossier à son nom.

Il faut absolument que tu écoutes un groupe, dit-elle. Tu t'intéresses toujours à la musique ?

Oui, bien sûr.

Alors, il faut que tu écoutes Royal Thunder. Le disque en intégralité. C'est une femme qui chante, mais la première fois j'ai cru que c'était un homme qui forçait la voix. On aurait dit un clone de Blackie Lawless, sauf que non. Son ex-mari est à la guitare, elle est à la basse et au chant.

Il y a des choses qui ne changent jamais.

C'est assez mélancolique, mais avec un petit truc qui te fait aller de l'avant. Bref, moi j'aime beaucoup.

Tu mets ça à la petite ?

Ça m'arrive. Je lui mets un peu de tout.

Elle en dit quoi ?

Elle les appelle « les boudeurs ».

Elle ne comprend pas son acharnement à tendre un lien entre le moindre sujet et sa fille. Elle force le passage vers autre chose.

Tu te rappelles quand on est allés à Wacken ? Deux jours en autocar, Amsterdam, et quatre jours de festival. On a fait combien de concerts ? Quarante ? J'aimerais tant revenir à cet âge-là.

Eh bien moi je ne sais pas si je pourrais dormir à nouveau dans la boue.

On n'a eu de la boue qu'un seul jour, tout au plus.

Après ça, ils ont mis de la paille et le soleil est revenu. On était au sec.

Elle ferme les yeux. Le vin lui provoque un léger mal de tête. Cet armistice dans la voiture n'est pas de trop.

Et ta mère ?

Elle se redresse : Qu'y a-t-il ?

Eh bien, vous avez parlé ?

Un peu, oui.

Je la croise parfois. Elle me dit bonjour de loin. Elle retrouve la mienne pour un café de temps à autre, mais je ne lui demande jamais de quoi elles parlent. Ce serait comme d'aller à ta rencontre par un chemin détourné.

Quelle élégance, Jon. Puis elle ajoute : Toutes ces années, je l'ai tenue à l'écart de sa petite-fille. Et là, bien que pour des raisons différentes, je vais vraisemblablement continuer à le faire.

Il n'est pas trop tard, Adi.

Parfois, je crois bien que ça l'est. Tout se délite dans mes mains. Je ne veux pas être. Je ne veux pas avoir à me disputer tous les jours avec moi-même pour rester au top, joyeuse, et non coupable, pour répondre à l'exigence d'avoir vécu l'événement le plus important de ma vie. Ma mère ne sait pas au fond pourquoi je suis là. Comment lui dire que je finis par tenir à distance tous les gens qui ont besoin de moi ou qui m'aiment. Ou que moi j'aime.

Mais, vous en avez parlé ou pas ?

Oui et non. Je lui ai dit certaines choses. Mais je ne crois pas que l'on parvienne à aborder d'autres sujets. Et puis, à quoi bon ?

Ton *aita**.

Par exemple. Je ne sais pas ce que je souhaite apprendre de plus. Pour ça oui, il est trop tard. Moi non plus je ne crois pas qu'elle en ait su beaucoup plus. J'aimerais pouvoir te dire que c'est le cas. Qu'un jour cet homme est venu et nous a cherchées. Que mon père est cet homme qui n'a rien à cacher. Mais le fait est que je n'en sais rien. Et je ne veux pas le savoir. Car qui sait si, au point où on en est, je serais capable d'entendre ses raisons. J'aimerais qu'elle puisse atténuer un peu la réalité. Qu'elle ait érigé un mur autour de la vérité, mais dont je saurais ce qu'il cache. Parce que la vérité est bien là et je ne peux continuer à vivre en la contournant. Et tu me vois en train d'essayer de déterminer ce que je dois faire de toutes ces années sans lui en plus de ne pas savoir quoi faire avec l'autre partie, ce que lui en a fait. Est-ce que l'on peut hériter de cela ? Au bout du compte, pour être honnête, la seule qui ait été présente, c'est elle. Pas de père. Celle qui m'ajustait l'écharpe sur le nez. Celle qui attendait sous le parapluie devant la porte de l'*ikastola*. Celle qui faisait à manger aux aurores pour

* « Père ».

ne pas me faire attendre à l'heure du dîner lorsque nous rentrions trop tard pour le bain et les histoires. Celle qui a mis un terme à tout et m'a placée en haut de ses priorités. Et malgré tout : elle a échoué dans l'essentiel, m'aider à comprendre qui je suis.

Elle baisse la vitre. Tu ne fumes plus ? J'aimerais tellement fumer là maintenant.

J'ai arrêté. Il y a deux ans. Bon, et ce qui est arrivé l'autre jour ?

La routine est pire que l'autre jour. D'ailleurs, qu'est-ce que l'autre jour ? Et qu'est-ce que la routine ? La routine, c'est le néant.

Lorsqu'elle descend de voiture, le soleil tape sur la baie. Faisant briller le bleu d'une eau sur laquelle flottent de petites embarcations qui viennent heurter les pneus accrochés au quai.

Merci pour la balade, lui sourit-elle, tandis qu'il profite d'être à l'arrêt pour envoyer quelques messages. Elle n'attendra pas de pouvoir lui dire au revoir et s'éloignera. Elle ira s'asseoir sur un poteau d'amarrage avant de rentrer chez elle. Elle croisera ses jambes étendues et enfouira ses mains dans ses poches. Elle inspirera pour se remplir les poumons plusieurs fois.

Elle n'aura plus envie de le revoir.

18

LE PHARE

(Ruth)

Il y avait là-dedans :
Un grand ballon et un plus petit.
Un ours en laine.
Une voiture en laiton.
Un puzzle en bois.
Et une toupie.

C'est ce que je rapportais dans mon filet. Demande à ta tante Amelia. Je sais très bien que ma sœur est morte. Je sais ça, bien sûr. Je le sais. Ne lui demande pas. Ne lui demande pas.

Je ne suis plus si sûre de te raconter les choses telles qu'elles se sont passées. Je vois bien que ce n'est pas drôle, non, mais je dois bien en rire. Sinon, quoi. Garde ça à l'esprit. S'il n'y a rien d'écrit, car rien ne l'a été, il ne nous reste que la mémoire. Ma mémoire.

On est entrées en gare, ma mère avait obtenu d'un voisin qu'il vienne nous aider à porter les valises. On l'a reconnue au premier coup d'œil, dans ses habits noirs quoique plus menue, du moins c'est ce qu'il m'a semblé. On a tout laissé tomber pour courir à sa rencontre. J'ai été étonnée de la voir enlacer Amelia uniquement. N'avait-elle pas réalisé ? Il manquait moi. En se séparant d'elle, elle m'a observée de haut en bas. Puis elle m'a caressé le visage. Ce n'est pas possible, Ruth, c'est toi ? Ce n'est plus toi. Voilà ce qu'elle m'a dit. Elle ne m'avait pas reconnue. Alors, je suis retournée à l'endroit où on avait lâché nos valises et j'ai attrapé le filet en le jetant sur mon épaule.

Où est Matías ?

Ma mère n'a pas répondu et s'est mise en marche. Cette femme qui avançait devant nous n'était plus que l'esprit de ma mère. Son corps tout entier s'était ramolli et rétréci. Ce n'était plus qu'un amas d'os articulés par un soupçon de vie. Un souffle de résignation. Ma sœur et moi marchions main dans la main. Puisqu'on habitait dans le quartier de la gare, on n'a pas vu grand-chose ce jour-là. Certaines rues avaient changé de nom. Des maisons entières avaient été murées. Les voisins ne sont pas venus nous accueillir : il n'y avait pour ainsi dire personne.

En arrivant à la maison, elle nous a demandé de déposer nos bagages dans la chambre. Mais cette pièce n'était plus notre chambre. Ma mère avait réussi à installer deux lits, certes, mais c'est tout. On avait arraché le papier peint et soulevé quelques carreaux au sol. Partis les coffres et le garde-manger. Elle a pris appui sur la porte. Et nous a regardées attentivement. Elle souriait, mais sans dévoiler ses dents. Puis elle a dénoué le foulard qu'elle portait sur ses cheveux. Elle l'a fait très lentement, laissant le tissu glisser. Ma sœur a poussé un cri. Je lui ai demandé ce qui était arrivé. Ma mère ne nous l'a jamais raconté totalement. Ses cheveux étaient comme ceux d'un nourrisson, certaines touffes plus longues et des trous qui laissaient voir son crâne. Eh bien, désormais ça c'est moi, a-t-elle ajouté.

Et Matías ?

Matías n'est plus de ce monde, a-t-elle dit, employant ces mêmes mots. C'est alors qu'elle nous a raconté ce qui s'était passé, les yeux rivés sur un point fixe du mur.

C'est notre tante, arrivée plus tard, qui nous a enlacées plus longuement. C'est elle qui nous a appris que personne n'avait rien vu de plus. Que c'était arrivé avant que le reste de la famille ne rentre au village et que notre mère avait dû l'enterrer seule. Nous avons pleuré pendant le restant de la soirée jusqu'à nous endormir dans les bras l'une de l'autre. Elle nous a dit aussi de ne pas poser davantage de questions à notre mère à moins qu'elle ne nous en parle d'abord. Plus jamais elle n'est revenue sur sa mort. Mais lorsque l'absence de notre frère se faisait plus pesante ou évidente, alors ma mère nous parlait de Matías et des années où nous formions une famille avec lui et notre père.

L'histoire de sa mort était régulièrement racontée par les autres, parmi toutes ces histoires qu'on racontait à la fin de la guerre.

Notre mère n'était plus la même femme.

Notre maison n'avait plus les mêmes meubles.

Notre village était autre.

Et le pays aussi.

Ma sœur a aussitôt trouvé un emploi dans les séchoirs. Mais uniquement en période de déchargement. Imagine un peu. Moi, j'étais souvent sortie en mer avec mon père, mais ce n'était plus très bien vu. Non pas parce que je n'avais plus de père, mais parce qu'on disait que les bateaux n'étaient pas un lieu pour les femmes. Les femmes restaient à quai. Pour ranger et prendre soin des autres. Il n'y avait pratiquement pas d'activité de pêche car partout sur terre la Seconde Guerre mondiale faisait rage. Ma sœur, qui était très appliquée, aurait voulu étudier quelque chose, poursuivre ce qu'elle avait commencé en Belgique. Mais si on voulait manger, si ces trois femmes que nous étions voulaient manger, il fallait travailler. Et puis les femmes n'étaient pas nombreuses à faire des études. C'était même plutôt rare. On était toutes inscrites à l'école, oui, mais au lycée il n'en restait pratiquement plus une seule.

Il était assez mal vu qu'une veuve sorte de chez elle. La rue n'offrait rien de bon à celle d'un républicain mort. C'est pourquoi ma mère réparait des filets de pêche devant sa fenêtre, assise, des heures durant, sur une chaise basse. Lorsque le soleil se couchait, elle allumait une lampe à huile. Il lui arrivait aussi, attachant un foulard noir autour de son cou, de partir un ou deux jours et de revenir avec quelques provisions : des chiffons en coton, des pots de confiture, des fruits. Elle les remettait à ma sœur qui s'en allait faire le tour du quartier pour les échanger contre du sucre et de la farine.

Lorsque les bateaux rentraient au port, Amelia les attendait sur le quai et proposait de décharger et de classer le poisson dans des caisses. Puis, ils étaient lavés. Elle s'est toujours donné beaucoup d'importance, c'était déjà le cas à l'époque. Elle nous servait les repas en nous expliquant le processus : une part de bisulfite pour trente et quelques d'eau. Une part de bisulfite pour trente et quelques d'eau. Une part de bisulfite… Silence ! disions-nous. Elle nous l'a répété des centaines de fois. Après quoi, ils leur raclaient les écailles et commençaient à les ramasser et à les ranger par taille dans de nouveaux bacs avant de les expédier : abats, carcasse, petite maille. La pauvre empestait les viscères et le sang car, même si les poissons arrivaient séchés, il s'en trouvait toujours un qui pourrissait en route. À peine était-elle parvenue à se défaire de l'odeur sur ses mains qu'un autre bateau était à quai et rebelote.

Je pense qu'Amelia s'est mariée pour ne plus avoir à

travailler dans les séchoirs. Parce que si tu te mariais, tu restais chez toi. Bon, et pour être tranquille en compagnie de Vicente sans avoir à se coltiner ma mère. Vicente était un pensionnaire de notre maison. Ma mère lui louait la chambre du fond. Elle s'est mariée aussi pour toutes les autres raisons qui poussent les gens à se marier. J'ignore pourquoi ils n'ont jamais eu d'enfants. Parce qu'à l'époque tout était très clair : un foyer pour les enfants et les enfants pour la patrie. Voilà, ni plus ni moins. Lorsque cet homme rentrait de la mer, on ne voyait plus ma sœur pendant une semaine. Elle n'a pas voulu faire des enfants, mais de là à les éviter… Plus tard, elle m'a avoué prendre des bains d'eau vinaigrée et se servir de rue et de persil. Je ne saurais te dire si cela fonctionnait ou non. Mais d'enfants, il n'y en eut pas.

J'allais à l'école l'après-midi. Le matin, ma tâche consistait à faire la queue. Celle du rationnement. On avait une carte pour la viande et une autre pour tout le reste. Puisque mon père ne s'était pas rangé du côté des nationaux, on n'avait pas droit au pain blanc. Ne va pas croire que c'était une sorte de supermarché. Il m'arrivait de devoir faire six ou sept queues et j'y passais la matinée.

On avait chacune droit à :

Cent vingt-cinq grammes de viande.

Un quart de litre d'huile.

Deux cent cinquante grammes de pain noir.

Cent grammes de riz.

Cent grammes de lentilles dont quelques grammes de vers, invariablement.

Un morceau de savon de Marseille.

Et s'il y avait des enfants : de la farine et du lait. Comme chez nous il n'y en avait pas : de l'eau avec du malt pour le petit déjeuner.

Heureusement qu'on avait le poisson. Seulement, va petit-déjeuner, manger et dîner de poisson tous les jours. Tu sauras alors si tu aimes vraiment ça.

L'après-midi, j'allais à l'école. La photo prise devant la carte représentant Madrid date de la première année après notre retour. Mais à l'école on ne nous enseignait pratiquement rien. Je me rappelais l'école en Belgique, les histoires d'Élise, lorsqu'on posait la tête sur la caisse de résonance du piano. Ici tout n'était qu'ouvrages en toile de jute, cuisine, économie domestique pour jeunes filles, bonnes manières, mathématiques élémentaires et beaucoup de prières.

Les hommes, eux, en revanche, étaient instruits. Ce seraient eux qui nous tireraient d'affaire. Nous étions juste bonnes à leur faire des ourlets pour qu'ils puissent nous mener à bon port.

Un matin, je suis rentrée avec le filet à provisions plein de nourriture. Je dis plein parce que c'était un tout petit filet. J'étais donc arrivée à le remplir. À travers une trouée dans le ciel se faufilait un rayon de soleil. C'était le mois de mars. Je peux te l'assurer parce que notre rue était baignée d'une lumière qui ne parvenait à s'y glisser qu'au début du printemps. Telle est l'image que je conserve : le soleil qui tapait sur ce que j'ai vu, et tout autour, des nuages. Les jours avaient commencé à rallonger et ma mère avait décidé d'ouvrir grand les stores. Dès que ce soleil pénétrant faisait son apparition, elle relevait les stores pour que les fenêtres chauffent et que la lumière s'étale au sol. Elle croyait ainsi pouvoir retenir un peu de chaleur. On collait nos mains dessus, grandes ouvertes, pour les réchauffer. Et on se faisait gronder : qui de vous deux va nettoyer ces mains sur la vitre. Quand j'ai regardé en bas depuis ces mêmes fenêtres, j'ai vu ma mère dans la rue. Elle s'entretenait avec un couple sur le seuil de la maison. Un homme et une femme. Et avec eux, une pile de bagages.

Sais-tu qui c'était ? C'étaient eux : Ivo et Élise. Ils étaient venus nous rendre visite. Par le train. À travers l'Europe. Ils voulaient savoir comment ça allait pour nous. Je me suis approchée par-derrière. J'ai touché le bras d'Élise. Elle s'est retournée.

*Ma petite**.

Elle a voulu savoir si on avait reçu ses lettres. Aucune, lui ai-je répondu. Le gouvernement n'autorisait pas les échanges entre les enfants un temps exilés et nos familles d'accueil. D'après eux, cela aurait pu nous mettre des idées dans la tête. Ils interceptaient pratiquement toutes les correspondances. Tu t'imagines ? Une petite armée d'enfants subversifs fomentant la révolution contre la dictature. J'aurais aimé voir ça. Comme si on n'avait pas d'autres soucis. C'est pourquoi Ivo et Élise étaient venus, avec deux valises, une pour chacune de nous deux, remplies de vêtements. Ils n'avaient rien prévu pour Matías. Je te laisse deviner pourquoi. Élise était au courant.

On est allés chercher ma sœur au port. Amelia, à genoux, triait des poissons dans un tablier en cuir qui tombait jusqu'au sol. Lorsque notre marraine l'a appelée, elle s'est aussitôt redressée. Elle s'est mise à courir mais, au bout de quelques mètres seulement, elle s'est rendu compte qu'elle avait les mains pleines d'écailles sales et de sang de poisson. Elle les a rangées dans ses poches. Amé, viens, regarde qui est là. Ils veulent nous inviter à déjeuner, ai-je crié. Mais je ne peux pas. Regarde-moi. Ivo a proposé au chef de ma sœur de lui payer la journée, mais il fallait bien que quelqu'un fasse le travail, il lui était donc impossible de se libérer. Je vous rejoindrai plus tard, a-t-elle dit alors. Mais plus tard, elle n'était pas plus là pour leur dire au revoir. Elle avait eu honte. Laisse-moi, Ruth, je fais ce que je veux.

Comment s'appelle ce village qui se trouve en allant vers la montagne et où on est allés manger quelques fois ? Eh bien là. Ils ont payé un homme qui possédait une voiture. Ma mère n'a pas décroché un seul mot de tout le trajet. Elle avait mal au cœur et il a fallu qu'on s'arrête à mi-chemin devant des étables. On a traversé une petite rivière et on s'est garés sur une esplanade jouxtant la taverne. On ne faisait que parler avec ma marraine. On riait. On évoquait les journées de Châtelineau. Ils me manquaient.

On s'est régalés de viande grillée. Je me suis servi du vin. J'avalais avec l'avidité retrouvée de cette première fois dans la maison de Belgique. Ma mère mangeait à peine. Maman, mangez, vous devez être morte de faim, lui disais-je, la bouche pleine.

Morte, je ne le suis pas, répondait-elle, les mains sur la table, les doigts entrelacés.

On a dévalé la montagne en entonnant des chansons qu'Élise nous avait apprises. L'après-midi, on les a emmenés faire une promenade jusqu'au phare. La lumière sur l'eau les a émerveillés. L'étroitesse de l'embouchure. On s'est assis tous les trois sur une pierre, ma mère est restée debout quelques pas derrière nous. C'est alors que je l'ai dit : J'adorerais y retourner. Quelque temps. Oui, je l'ai dit. Ici, il n'y avait que misère. Je voulais faire des études. Elle m'a promis d'en parler à ma mère. On s'est quittés au pied de la maison.

Ma mère m'a demandé de monter, parce qu'elle voulait les remercier de tout ce qu'ils avaient fait pour nous, de la façon dont ils avaient pris soin de nous, et s'est attardée dehors avec eux. Je pouvais les voir depuis la fenêtre. Ma mère faisait non, non, non et non de la tête. Comment ont-ils fait pour se comprendre ? Je n'en sais rien. Mais ils se sont compris.

En regagnant la maison, elle m'a giflée.

Puis sa main s'était à peine écartée de mon visage qu'elle m'a prise par le coude et longuement serrée dans ses bras.

Un grand ballon et un plus petit.

Un ours en laine.

Une voiture en laiton.

Un puzzle en bois.

Et une toupie.

Voilà ce que j'avais rapporté à Matías.

19

CHENAL PAR OÙ S'ÉCOULENT LES EAUX

(Adriana)

Elle n'a pas bougé, ne m'a pas appelée, n'a pas appelé sa mère, il y a deux nuits lorsqu'elle a fermé les yeux. À présent, je regrette notre dispute juste avant d'aller dormir. Je regrette de lui avoir attrapé le bras plus durement que d'habitude pour lui passer son pyjama, avec frustration, d'avoir pensé, pitié, jusqu'à quand, en l'accompagnant aux toilettes. Le tout avec moins de tendresse que n'exige le contact avec une personne en fin de vie. M'être réveillée à trois heures du matin comme toujours, mais sans entendre aucun cri et avoir pensé : elle doit sans doute dormir. Et ne pas avoir fait l'effort de remonter les deux mètres et demi de couloir, ne pas avoir jeté un coup d'œil dans sa chambre et ne pas avoir vu qu'elle ne respirait plus.

Que ma mère n'était plus.

À quoi bon, m'aurait-elle dit, ce qui est fait est fait, avec ce pragmatisme précis qui lui permettait de jauger la profondeur du réel. Peu de choses lui pesaient, à elle.

Ma mère est morte par une nuit de février. Chez elle. Dans son lit. Je peux penser cela, parce que cela est réel, certifié par un médecin légiste. Il a pris son pouls et a écrit : mort naturelle.

Pourquoi n'y a-t-il eu aucun soir où je sois rentrée assez légère pour m'asseoir ne serait-ce qu'au pied de son lit et lui dire : Comment vas-tu, veux-tu un verre d'eau, de quoi veux-tu parler. Fini, le sentier qu'elle ouvrait devant moi. En castillan, « mère » c'est aussi le chenal par où s'écoulent les eaux du fleuve. En basque, ce mot se dit aussi *ohe*, le « lit ».

Ni Adirane ni moi n'avons pleuré au retour de l'enterrement. Elle ne m'a pas quittée depuis hier, lorsque je suis entrée dans sa chambre avec précaution et que j'ai relevé le store lentement, lui ai posé une main sur l'épaule et qu'elle a su entendre, sans que j'aie à le dire, quoique je l'aie dit, par nécessité, pour le prononcer une première fois : Mamie nous a quittées.

Tout d'abord elle a voulu savoir si elle était morte seule. Puis elle m'a dit que c'était sans doute arrivé dans son sommeil. Puis elle a prononcé le mot peur. Le mot conscience. Alors que j'ai encore le plus grand mal à dire que ma mère est morte. Mais tout de suite elle m'a serrée dans ses bras, je suis tellement désolée, *ama*, et je ne saurais dire où sont nés ces mots, ni combien il y a en eux de repentir. Nous avons pleuré.

Elle s'est occupée des démarches, je l'ai regardée faire, maigre comme un roseau, suspendue au vieux téléphone à côté du buffet, rangeant les portraits par taille, les grands à la fin, les petits devant, tandis que je fumais une cigarette après l'autre et faisais des allers-retours dans la chambre de ma mère.

J'ai ramassé les vêtements que nous avions laissés la veille sur la commode. J'ai vidé le verre d'eau dans le lavabo, jeté tous les médicaments dans un sac, les couches de nuit, rangé les sous-vêtements propres que j'avais moi-même posés sur la chaise après la dernière lessive. Tous les gestes ridicules de la décence, qu'elle aurait elle-même accomplis si elle en avait été capable. Nous n'avons pas touché le corps, j'ai simplement plaqué sa frange en arrière. Personne n'a prié. Adi a quand même dit quelque chose de trop sportif, trop maladroit et à visée consolatrice, du genre C'était la meilleure. Puis elle a ajouté : Je suis reconnaissante d'avoir été ici à ses côtés. Et puis rien d'autre. Et je lui en sais gré, car je ne la retrouvais pas dans ce deuil. Et maintenant ça, ma fille, il fallait que ça arrive en ta présence. Ce n'est pas la même chose de perdre une mère que de perdre une grand-mère. La perspective est tout autre. Désormais je sens que les vagues viendront se briser sur moi directement.

Ni elle ni moi n'avons souhaité prendre la parole lors

des obsèques ni nous éterniser dans les conversations convenues qui sont le lot des enterrements. Je regarde les yeux de ma fille et constate qu'ils ne se remettent plus aussi bien du sanglot, deux cernes profonds et noirs apparaissent sous leurs orbites.

Plongées dans une mécanique exacte, en arrivant à la maison, nous avons coupé des tomates en quartiers et fait cuire deux steaks. Nous avons mis la table. Manger, il faut manger, aurait-elle dit. On n'oublie pas ce qu'on a mangé, si toutefois on parvient à manger, le jour de la mort de ses parents. On ne cesse jamais de se demander, y compris des années plus tard, si on a été une bonne ou une mauvaise fille. Nous avalons toutes les deux un antalgique contre le mal de tête. Nous fermons toutes les deux un instant les yeux sur le canapé.

Lorsque Adi se réveille, j'ai déjà commencé à rassembler certains objets de ma mère, sommes-nous si pressées, dit-elle. Du tout. Mais il fallait bien commencer quelque part à nettoyer son absence. Je veux me défaire au plus tôt de ce vide dans les os, étreindre un souvenir exact de sa vie : la fille de Châtelineau, la femme de mon père, la grand-mère de ma fille, la professeure de français, l'amie de ses voisines, la sœur de ma tante, celle qui un soir de novembre, quand je portais Adi dans mon ventre, m'a révélé une chose sur sa propre mère. Celle qui a redonné à la mémoire toute sa place.

Maintenant tu vas devoir te taire jusqu'à ce que je ne sois plus des vôtres, m'avait-elle demandé. Quand tu mourras, il faudra le transmettre tel quel aux suivants. Un mensonge répété des milliers de fois de génération en génération. Et la vérité au sujet de l'une des nôtres, honteuse, coupable, qui avait opté pour une mort par négligence plutôt que pour une mort dans l'étreinte la plus forte. Qui avait menti délibérément et transformé le passé. Mais qui, par la suite, s'était repentie et s'était déchargée sur sa propre fille.

Le plus simple serait de tracer en quatre lignes la biographie de ma mère et ne garder que cela. Passer sous silence si elle avait eu peur, sa relation avec mon père, avaient-ils été heureux, ou bien n'avaient-ils été qu'un engrenage pour moi ? Oublier si elle croyait en Dieu dans ses dernières années : Prie un peu pour moi quand je serai partie. Ce n'est pas à moi que tu vas demander cela, *ama*, lui disais-je.

Je ne sais que faire de centaines d'objets : les plateaux argentés souvenirs de baptême, les feuilles de soins, les chaussures toujours dans leur boîte d'origine, bourrées de papier pour en préserver la forme.

L'après-midi, nous grimpons au fort en voiture. Il y a de la houle et la mer se contorsionne jusqu'à venir frapper la côte. Les vagues se hérissent et se fracassent sur la ville. Dans notre baie, elles pénètrent dociles, soulevant l'eau sans se briser et faisant monter puis descendre les bateaux. Il se met à pleuvoir, mais j'ai besoin de rester encore un peu là-haut. Tu peux retourner à la voiture, si tu veux, mais elle rejette l'idée. On tourne en rond éloignées l'une de l'autre autour du point de vue panoramique.

En retrouvant la voiture, j'ai la sensation d'avoir laissé filer l'après-midi sans souffrance et de ne faire que retarder la déferlante qui s'annonce. Avant de démarrer je demande : tu comptes faire quoi ?

Elle n'en sait rien, me dit-elle, c'était aussi sa grand-mère, cette femme qui vient de mourir, et moi je lui suis reconnaissante de la nommer ainsi parce que cela nous situe toutes sur une échelle qui doit s'entendre dans le bon sens : de haut en bas. Tu es une mère, lui dis-je, peu importe que tu t'éloignes de Madrid ou que tu y retournes, peu importe que tu ne sois pas toujours sur le pied de guerre pour ta fille, que tu sois gaie, car elle doit tout apprendre, mais tu sais très bien ce que c'est que de constamment manquer de quelque chose. Il faut que tu ailles recoller les morceaux, je veux dire, tu dois rentrer et prendre une décision, mais là-dessus ne va pas me décevoir : tu es mère et ça, tu ne peux pas y échapper. Tu sauras comment faire.

Elle secoue la tête, dit que non. Que si elle avait été

un homme je lui aurais accordé ce doute. Que je lui aurais donné de l'espace et du temps pour y réfléchir.

Avant d'aller me coucher le soir du jour où j'ai enterré ma mère, je traîne jusqu'à la porte d'entrée la bouteille d'oxygène à laquelle elle a vécu branchée ces derniers mois, mais elle tombe à la renverse et vient heurter le bois, ça résonne jusque sur le palier. Elle tend le cou pour vérifier que je vais bien.

J'appellerai le ramassage demain.

Ama, je vais rentrer, me dis-tu, mais je ne resterai pas là-bas.

Cela me paraît honnête.

20

REVENIR À L'ENDROIT D'OÙ L'ON EST PARTIE

(Adirane)

Elle n'a jamais aimé le drame voilé qui se respire dans les gares routières, lorsqu'une personne demeure figée en un point tandis que l'autre s'éloigne. Les parents anxieux qui voient partir le car scolaire, les amants qui délient leur étreinte. Quand devient-il poli de cesser de regarder par la fenêtre, de freiner la main qui s'agite, d'arrêter d'ouvrir grand la bouche devant la vitre pour tenter de dire un dernier mot et amorcer le départ ?

Madrilera zihoazen bidaiariak *.

Il est neuf heures et quart lorsque sa mère lui donne une accolade rapide avant qu'elle ne pose le pied sur l'escalator et s'engage dans la descente. Elle rajuste la bretelle de son sac à dos qui vrille sur son épaule.

* « Les passagers à destination de Madrid ».

Elle lui passe une main dans les cheveux, ce n'est pas une caresse, elle la touche seulement une dernière fois. C'est alors qu'elle lui tend un sac, comme si elle avait oublié jusque-là. Il s'agit de la poupée belge au visage de porcelaine. Donne-la à Ruth. De la part de son arrière-grand-mère. Ne t'inquiète pas pour moi, ça va aller. Reviens vite.

Non, viens toi.

Pas avant que tu aies résolu certaines choses.

*Maite zaitut**.

Voilà sa mère. Une femme aux paroles froides et gestes de robot. Mais qui l'a tout de même emmenée à la ville en voiture, s'est arrêtée dans le quartier pour avaler un café et une tartine, s'est montrée aimable, affectueuse même, lui a préparé un sandwich pour le repas, enveloppé dans du papier d'alu, un petit pot avec des fruits secs et s'est garée pour lui dire au revoir en cet instant dans lequel elles se trouvent à présent.

Sa mère est aussi celle qui s'est vue contrainte de lui raconter une vieille histoire. Au dernier moment, à la hâte et en évitant son regard, les yeux dans le vague. Avec ce qui ressemble à de la honte. Comme s'il s'agissait de dévoiler un instant sacré que personne ne sait comment raconter par-dessus le bruit du quotidien ; comment la douleur enfouie toutes ces années durant parvient-elle aux oreilles nouvelles, par-dessus

* « Je t'aime ».

le cliquetis métallique d'une cafétéria. Il nous arrive de nous mentir, a-t-elle commencé. En effet, a-t-elle répondu. Consciente d'avoir trop écarquillé les yeux, qu'elle non plus n'avait pas envie d'une révélation. Puis elle a dit : Ne la blâme pas. N'y pense pas trop en ce moment. Ne juge pas. Cohabiter avec la vérité, je pense, aurait causé plus de tort à tout le monde. À toi aussi, comme une réverbération. Au début, tu n'en aurais pas fait grand cas, mais je sais que plus tard tu y aurais songé très souvent, comme tu songeais à l'autre histoire.

Heureusement que les adieux ne durent que le temps pour les escaliers d'arriver en bas et que son corps doit se mettre aussitôt en marche, entraîné par le flot des voyageurs. Elle pense à sa mère en train de rentrer chez elle, l'air froid qui s'engouffre dans la hotte de la cuisine comme un souffle de mer. Sa mère, ouvrant les fenêtres, enlevant son manteau, décidant seule de l'ordonnancement qu'elle voudra donner aux chambres, aux objets inutiles que l'on accumule au cours d'une vie. Réfléchissant à ce que deviendront tous les habits de grand-mère. Médailles, photographies sur lesquelles on voit sourire des personnes dont les cœurs ont cessé de battre il y a plusieurs décennies, parents de quelqu'un, disparus d'autres foyers, mais que sa mère ne saura pas nommer : le chemisier en soie de ses noces d'argent, les chaussures achetées pour le baptême d'une nièce, cinq jupes qu'elle a elle-même cousues, droites et sombres jusqu'au mollet, ouvertes à l'arrière.

Se départir des traces de toute une vie : l'ordre précis que seule la personne qui nous quitte saurait démêler. Dans un dernier coup d'œil en arrière, Adirane lève le bras comme elle peut, tirant sur son sac à dos : Au revoir. Sa mère aussi se retourne un instant, mais elle enfonce ses mains dans ses poches et se perd dans la foule.

Elle se retrouve seule à nouveau. L'avantage et l'inconvénient de notre époque, c'est qu'absolument personne ne prête attention à la tristesse d'autrui. Têtes baissées sur des écrans distillant les informations, des images, des messages qui disent : je suis en route. Elle pourrait adresser quelques mots à ses camarades de voyage : Salut, moi c'est Adirane, je viens d'enterrer ma grand-mère, ma mère est cette femme qui se retrouve seule et que, lorsque le car quitte le terminal, j'aperçois debout sur le bord du fleuve, de dos, ses cheveux blancs sur la nuque, allumant une cigarette ; je distingue son regard figé droit devant elle et la fumée qui s'échappe et se dissipe ; l'eau est un miroir qui renvoie l'image inversée des immeubles anciens de la ville tranquille.

Elle ne dort pas de tout le trajet, ne lit pas, ne met pas ses écouteurs. Personne ne sait qu'elle rentre à la maison. Le car traverse du nord au sud la moitié de la carte. Du vert pour commencer. Puis l'horizon. Les hommes de la campagne en ligne droite sur leurs tracteurs se moquent du passage des cars sur l'autoroute. Ils marquent un arrêt à quelque deux cents kilomètres de leur destination. Elle remarque l'esprit de corps du troupeau docile qui descend vider sa vessie serrée sous les boutons du pantalon avant de regagner son siège.

Elle ne met pas les pieds dans la rue à son arrivée à Madrid et poursuit dix arrêts plus bas jusqu'à chez elle, sans correspondance.

Elle n'a pas dit au revoir à Jon. Elle ne lui a pas dit qu'elle rentrait. Mais lui découvrira bien vite qu'elle est partie. Il ne l'appellera pas de sitôt. Laissera courir un ou deux mois. Et toute urgence se consumera une fois encore. Elle aura l'impression que lui, en réalité, ne s'intéresse pas tant que ça à ce qui lui arrive. Il lui enverra un mail depuis son travail possiblement, en toute sécurité, un jour qu'il s'ennuiera, cherchant à réveiller l'envie : elle pourra lire et relire la position de ses mots et avancer des significations. Mais cette fois, elle ne répondra pas.

Elle refait surface au niveau de la place. Une station-service, une route qui s'enfonce dans un tunnel, une immense bouche de métro d'une monstrueuse modernité. La ville, au fond, à l'arrêt, tandis que des millions de maisons s'illuminent dans le ciel couchant de février. Elle traverse plusieurs passages piétons et s'arrête devant la porte de l'école. Combien de matins l'ont-ils vue arriver ? Très vraisemblablement avec la bouteille remplie d'eau, le goûter pour la récré, le manteau fermé jusqu'à la mâchoire, pointant ses grands yeux dans le froid, accrochée aux bretelles de son sac à dos, comme elle en cet instant précis. Il lui semble que la vie n'est qu'un tonnerre, destruction et lumière, qui s'abat entre l'enfance et la vieillesse. Une femme lui propose un cornet de marrons chauds. Elle sourit en déclinant.

Elle arrive devant chez elle. Le courrier dépasse de la boîte aux lettres. À peine un mois qu'elle est partie. Était-ce suffisant ? Elle doute une dernière fois. Comment ce serait de revenir ? Dire, tout bien réfléchi, oui, se réintroduire dans sa propre vie.

Le bouton en fer de la sonnette est froid et c'est alors qu'elle voit ses mains : à quel moment se sont-elles abîmées à ce point ? C'est moi, répond-elle à sa voix, bien sûr qu'ils sont à la maison. Avant qu'on lui ouvre la vieille porte en bois, à laquelle personne n'a osé arracher le M. et Mme Martínez de la plaque, elle respire l'odeur du veau que l'on fait revenir dans une cuisine, foyers qui ne se sont pas figés.

C'est toi, dit-il en ouvrant.

La petite Ruth s'élance dans le couloir et se jette dans les bras de sa mère, qui perd l'équilibre et tombe à la renverse sur le palier. C'est moi. Je t'aime tant, tu le sais ? La fillette devine les retrouvailles, d'une façon oblique et primaire elle comprend que c'est un retour et que sa mère n'a jamais été aussi éloignée que ces dernières semaines et tombe sur ses genoux et presse son petit visage avec force contre sa poitrine ; le visage plongé avec tant d'intensité sous la respiration de sa mère, sur le battement du cœur, que la fermeture Éclair lui laissera une marque sur la joue, mais qu'importe : elle est là et elle passera sa main sur la rougeur jusqu'à la faire disparaître.

Lui, il n'a pas lâché la porte. Il s'est coupé les cheveux. Elle se demande comment. Sont-ils allés tous les deux chez le coiffeur ? Sa mère est-elle venue ? Bien entendu, il n'a rien perdu de sa courtoisie, et lorsqu'elle passe à ses côtés, il attrape son sac à dos à deux mains et lui prend le paquet qu'elle serre contre elle, elle libère alors ses bras et se sent légère : depuis combien de temps porte-t-elle ce poids sur ses épaules.

Elles passent le restant de la soirée affalées sur la moquette et lui traverse de temps en temps le désordre des robes de poupée et des fruits en plastique. Parfois, la petite s'abandonne sur ses jambes et ne dit plus rien. Elles se font des chatouilles.

Elle ne sait pas ce qu'il fait. Est-il assis sur le lit ? Ou alors il prépare à dîner dans la cuisine ? A-t-il ouvert une bouteille de vin et boit-il en silence adossé au plan de travail ? Il a lancé des machines ? Lit un livre ? Vers neuf heures, il appelle la petite : Ruth, à table.

A-t-elle oublié que c'est l'heure du dîner ?

Elle laisse se dérouler sans heurt les routines qu'ils ont mises en place pendant son absence. Elle les respecte. Les deux s'assoient face à Ruth, qui s'applique à faire rire sa mère et qui y parvient, bien entendu. Elle avale une purée de courgettes et des bâtonnets de poisson. À la fin du dîner, elle a la bouche tout orange, de petites mies de panure collées aux doigts et du yaourt séché au coin de la bouche. Elle lui met son pyjama et lui lit une histoire. La fillette s'endort en tournant sur elle-même, une jambe contre le mur. Elle la couvre et respire à fond. Respirer est ce qui compte, pense-t-elle. C'est maintenant le moment.

Lorsqu'elle débarque dans le salon, Iván est assis sur le canapé, les coudes appuyés sur les genoux. À peine l'a-t-il aperçue qu'il se redresse. Ils restent debout, à une distance qui peut aussi bien être un mètre qu'un espace sidéral. Je regrette pour ta grand-mère, on aurait aimé être là-bas à tes côtés. Comment va ta mère ? Elle ne répond pas. Tu ne me dis rien ? lui demande-t-il. Assieds-toi. Bien sûr que je vais te dire quelque chose. Et puisqu'elle ne sait pas par où prendre la chose et que personne d'autre que lui n'écoute, elle se dit que cet homme mérite qu'on lui parle clairement.

Iván se rassoit. Elle ne sait toujours pas par où commencer : Tu disais que tu avais besoin de temps pour réfléchir. Es-tu venue me dire que tu as réfléchi ? Oui. Je veux qu'elle grandisse auprès de toi. Je le comprendrais si tu me demandais de partir maintenant. Je n'ai aucun endroit où aller, mais je peux partir. Comment ça, elle reste avec moi ? C'est tout ? Tu nous laisses tomber ? Non, je cesse d'être ici avec vous, ce n'est pas la même chose. Mais je serai présente d'une façon ou d'une autre. Elle sera mieux ici, avec toi elle sera mieux. Avec le temps il se peut que les choses changent à nouveau. Accorde-moi ça. Mais là, je ne vais pas bien, je n'étais pas bien lorsque je suis partie, ce qui m'arrive ne se soigne pas en quelques semaines seulement, et d'ailleurs, j'ai vécu certaines expériences. Je veux que ce soit ici chez elle. Que tu décides de son avenir. Elle restera ici. Avec toi. Pourquoi est-il si difficile de l'expliquer. Parce que tu es sa mère, Adi. Oui, et toi son père, et je ne vais pas pour autant disparaître. Je serai là. Seulement, je ne serai pas ici.

Il lui dit que ce ne sera pas nécessaire qu'elle s'en aille, parce qu'il est un homme de raison. Il lui dit de prendre son temps pour trouver quelque chose, mais aussi que c'est à elle de parler à sa fille et de lui expliquer comment ça va se passer. Ils déplient alors le canapé et lui s'assoit sur le lit de la chambre tandis qu'elle occupe la salle de bain, se brosse les dents en pyjama et se rince la bouche avec une solution orale. La porte reste entrouverte car l'habitude ne s'efface pas après un point à la ligne. Il l'observe et elle sait qu'il l'observe et qu'il serait préférable de dormir côte à côte, se dire au revoir dans une étreinte et, le temps d'une seconde, elle veut se glisser dans le lit et faire marche arrière. Mais elle éteint la lumière et avant de quitter la pièce elle lui dit que sa grand-mère s'est endormie et ne s'est plus réveillée au matin.

Sais-tu que Matías n'est pas mort dans la ria ? Il n'est pas mort parce qu'on ne se serait pas occupé de lui. Iván ne comprend rien ; demain elle lui racontera ce qu'elle a vécu durant ces jours, s'il accepte de l'écouter. En se tournant, quelque chose d'ancien comme cette maison cède en elle et elle lui dit merci.

Assise sur le canapé qu'ils ont acheté il y a un an à peine, elle contemple la chaleur de ce salon étroit semé de jouets. La télévision qui structure la disposition de tous les autres meubles autour. Comme un trou noir qui aurait avalé leurs regards fatigués nuit après nuit. Les plantes qu'elle a abreuvées semaine après semaine, les cadres qu'elle a achetés pour chaque photo. La saleté sur le tapis et une promesse : l'hiver prochain nous l'emporterons au pressing.

Elle écrit un message à sa mère : Je suis rentrée. J'aimerais que tu viennes m'aider. J'ai besoin de ton aide. *Gabon**.

La poupée au visage en porcelaine se tient debout dans son sac en plastique. Elle est si grande que les cheveux d'Élise affleurent par l'ouverture. Elle se lève

---

* « Bonne nuit ».

et prend soudain le sac par les poignées. Elle laisse la porte entrouverte et dévale les escaliers jusqu'à l'entrée. La poupée rebondit à chaque marche. Elle ouvre, et sans même sortir sur le trottoir, la dépose dans la benne à ordures.

*Pour** Ruth, Élise.

Elle replonge dans le souvenir de ce que sa mère représentait pour elle lorsqu'elle était petite : tout ? Elle songe au souvenir qu'elle veut laisser à sa fille. Tout ira bien. Personne ne peut prétendre connaître personne jusqu'à la moelle. Personne ne se connaît soi-même sans s'être mis à trembler une nuit après l'autre. Il n'y a pas un avant et un après avoir hébergé en son ventre un autre cœur que le sien, c'est pourquoi elle porte ses mains là où elle l'a sentie grandir. À présent elle sait que rien ne chasse les contradictions de quelqu'un, qu'on n'acquiert aucune clairvoyance particulière après avoir accouché d'un enfant, mais que l'on mettrait sa vie entre les mains de n'importe qui, son père ou un bateau, afin de le sauver.

Elle s'enveloppe dans la couverture et s'allonge, attrape le téléphone et fait le tour des enregistrements qu'elle a réalisés de sa grand-mère.

« Cette femme, c'était ma mère. Et lui, son seul garçon. Qui était aussi le plus jeune de tous ses enfants. Nous voilà ensemble. »

LE LIMON

21

LUZ

La porte de la maison est grande ouverte. Une femme menue, vêtue de noir, et un petit garçon sur deux jambes décharnées en franchissent le seuil. Ils s'immobilisent aussitôt, comme s'ils venaient de franchir une frontière interdite. Ils sont incapables de faire un pas de plus.

Les yeux de la femme ne sont plus des yeux sagaces.

Ni des yeux de jeunesse. Ils ne retrouveront pas leur éclat.

Ses paupières ne s'ouvriront plus jusqu'au rebord de l'œil.

Le garçon s'accroche à la jupe de sa mère. Si fort que la ceinture tombe sous sa hanche. Sa mère le serre tout contre ses jambes. Est-ce que la désolation a une odeur, se demande-t-elle. La femme empoigne la crémone de la fenêtre et la tourne avec désespoir jusqu'à ce que le mouvement coïncide avec le mécanisme et qu'elle s'ouvre d'un coup, brutalement. La vitre se détache du cadre et vole en éclats au contact de la chaussée, deux étages plus bas. Deux soldats, fusil à l'épaule, s'arrêtent d'un coup au milieu de la rue et lèvent les yeux, madame, crient-ils, vous faites quoi. La femme se plaque aussitôt contre le mur et d'un geste signifie au garçon de garder le silence. Quelques minutes plus tard et alors que tout demeure calme, l'enfant et la femme s'enlacent, la chair chaude et molle du visage de son fils entre ses mains. Visage sale. Dents tout aussi sales. Le sourire forcé de la femme. Mes sœurs ne viennent pas ? La mère ne répond pas, bien qu'elle pense que si, qu'elles rentreront.

Elle préfère ne pas penser à ses filles, aussi se saisit-elle d'un balai et se met-elle à frotter le sol, dont les carreaux se chevauchent les uns les autres telle une mer ridée. L'immeuble continue de s'enfoncer dans le marais. Les murs sont noirs, comme si quelqu'un avait allumé de petits foyers dans tous les coins. Elle entasse la saleté dans un angle de la pièce. Dans la montagne de poussière, toiles d'araignée et débris, elle repère les chutes des sacs qu'elle leur a elle-même confectionnés il y a un an déjà. Elle les attrape du bout des doigts et les observe en les portant à ses yeux. Elle se souvient de ce jour-là. La maison non plus ne sera jamais plus cette maison de jadis. Le garçon tente encore et encore de faire tenir debout une chaise à laquelle il manque un pied. La femme se penche à la fenêtre et observe la ria et le port et le train et la route et observe l'horizon et observe la montagne et tout est en silence. Sur le mur de la gare, on a écrit « *Arriba, España* ».

La guerre est finie.

Elle fait le tour de la maison. De son lit seuls survivent quelques ressorts cassés. Elle se remémore son bruit, le choc du corps de son mari contre son propre corps ces nuits-là. Il lui manque. Ses mains épaisses, les doigts brûlés serrant sa chair tiède, les paumes durcies au contact des filets lui couvrant la bouche en ces moments. Les filles. Les filles. Tais-toi. L'odeur de mer s'insinuant par la fenêtre ces nuits-là, masquant l'odeur de l'homme nu sur son odeur à elle. La même humidité marine lui rappelant en d'autres nuits l'absence, le creux dans le matelas : la complète solitude.

Pourquoi penser à tout cela, maintenant, dit-elle. À quoi ? répond l'enfant.

La femme pousse la porte et avance de deux pas dans le couloir. Elle frappe le mur bombé duquel se détache une énorme plaque de chaux. Il n'y a ni ampoules ni lampes. Elle n'y entre pas mais tourne la tête en direction de la chambre des filles. « *Ferrocarril, camino llano.* » Un seul des deux lits accueille la déferlante d'objets tombés de l'armoire ouverte. « *Por el vapor, se va mi hermano.* » Aiguilles à tricoter, vieux draps, boîtes de farine vides, boîtes en laiton. Découpages. « *Se va mi hermano.* » Les filles ne sont pas là à coudre. Ne sont pas là à chanter. Ne jouent pas. Ne réclament pas. Ne disent pas. Ne sont pas. La femme sent une bouffée sombre lui descendre dans l'œsophage. « *Se va mi amor**. »

La femme retourne au salon, s'approche de la cheminée et tire sur le tiroir à charbon. Elle sourit parce que le charbon n'a pas été dérobé. Elle appelle son fils et lui demande de prier tout ce qu'il peut. Et de le faire en silence. Elle aussi adresse une supplique, mais pas à Dieu. Elle porte alors la main vers une étagère haute en bois et respire en trouvant la boîte d'allumettes à l'endroit même où elle s'est toujours trouvée. Elle tente alors de redonner forme à une casserole en aluminium bosselée à grands coups et vide le seau d'eau qu'ils rapportent de la fontaine ; se met à cuire les tubercules. Puis elle s'occupe un long moment en pelant une pomme avec les dents. Elle sent l'amertume dans sa bouche sèche. Elle pose la pulpe dans un coin sur un bout de bois. Puis elle laisse la peau rouge sur le gril jusqu'à ce qu'elle se torde, brûle et se mette à dégager une odeur douceâtre.

La femme est jeune et s'assoit avec souplesse en tailleur sur le sol, puis prend l'enfant sur ses genoux, lequel repose le dos et la tête sur le torse de sa mère. Du bout des doigts ils ramassent les morceaux de patate douce. Le garçon ne veut pas manger les éplu-

* « Chemin de fer, chemin plat. Dans le bateau à vapeur mon frère s'éloigne. Mon amour s'éloigne. »

chures, mais sa mère le force, introduit ses doigts loin à l'intérieur de sa bouche et lui tient la mâchoire ; l'enfant mâche jusqu'à cracher une boule blanche sur le sol. Non ! crie-t-elle soudainement. Puis elle l'embrasse rapidement sur sa joue osseuse. Pardon, mon fils, pardon. Y passe cent fois la main pour effacer son cri.

Ils consacrent tout l'après-midi à mettre de côté les meubles inutilisables, les papiers et la poubelle dans un coin. Ils secouent les draps au-dessus de la cour intérieure, plusieurs fenêtres se ferment d'un coup, et les entassent dans la cuisine, sur les carreaux les plus récents. De sa main, la mère demande à l'enfant de venir, lui trouve refuge dans son corps et il s'y endort aussitôt. La femme jette un coup d'œil en direction de la fenêtre. Le soir tombe, puis la nuit. Il n'y a que silence dans le quartier. Elle sombre dans le sommeil.

C'est alors que retentissent des coups sur la porte d'entrée. Puis des vitres qui cassent. Quelqu'un s'est introduit dans l'immeuble. Coups secs sur le bois, appels aux portes, des habitations qui s'ouvrent et puis des cris. Les pas gravissent l'escalier. La femme parvient à se réveiller tout à fait, à temps pour soulever l'enfant et quitter la cuisine, escalader les lits de ses filles et se cacher dans l'armoire. Elle jette sur elle une couverture. La femme et l'enfant sont maintenant un fantôme caché dans un meuble ancien. La femme et l'enfant sont un cauchemar infantile. Le garçon se réveille dans le noir et sa mère lui ordonne de se taire. Mais le petit prend peur et se met à pleurer. La mère serre l'enfant contre sa poitrine. S'il te plaît, non, tais-toi, implore-t-elle du bout des lèvres sans rien prononcer. La peur chevillée au corps. La peur depuis toujours chevillée à tous les corps. La peur réagit. Elle ne peut pas lui demander le silence, car elle ne peut pas parler. Il faut faire taire cette bouche contre sa poitrine, qu'elle ne dise pas un seul mot, que l'on n'entende pas sa respiration. Le garçon se débat en essayant d'échapper à ses bras ; il veut tousser, veut ouvrir la bouche à nouveau et aspirer un peu d'air. Le petit garçon gonfle ses poumons, mais ne parvient pas à respirer. Sa mère ferme les yeux de toutes ses forces et serre la tête de l'enfant contre elle. C'est une force qui vient du plus profond. C'est une mère qui protège. C'est l'enfant affaibli qui ne respire pas. C'est la mère qui le secoue, qui ouvre la porte de l'armoire. Matías. Matías. C'est alors le cri le plus rauque. L'animal furieux. La sortie de la caverne. Et les deux hommes qui pénètrent dans la chambre. La femme pleure. Les hommes observent la déchirure. Le sol, la femme à genoux, l'enfant dans ses bras. Les hommes se disent qu'il ne reste plus là aucune plaie où plonger les doigts.

La maison tout entière sent le vide.

Elle inventera une histoire.

On ne racontera pas cela à haute voix.

REMERCIEMENTS

À Jesús María Cormán, qui a percé avec générosité les drôles de voies de l'écriture. Et à ses parents : Antonia Seco, et ses souvenirs d'exil, et à Santiago Cormán, mémoire vive. À Errukine Olaziregi, *eskerrik asko**, mon amie.

À Pablo, mon fils, qui m'a montré comment comprendre cette histoire. Et à David qui a échafaudé tous les circuits de train possibles et imaginables pour me permettre d'écrire lors de l'année difficile que fut 2020.

* « Merci beaucoup ».

TABLE

MARÉE HAUTE

LE LIMON

« LES GRANDES TRADUCTIONS »

(extrait du catalogue)

VIOLA ARDONE
Le Train des enfants
Le Choix
Les Merveilles
traduits de l'italien par Laura Brignon

ALESSANDRO BARICCO
Châteaux de la colère, prix Médicis étranger 1995
Soie
Océan mer
City
Homère, Iliade
traduits de l'italien par Françoise Brun

ANDREI BITOV
Les Amours de Monakhov
traduit du russe par Antonina Roubichou-Stretz
La Datcha
Un Russe en Arménie
traduits du russe par Christina Zeytounian-Beloüs

ELIAS CANETTI
Histoire d'une jeunesse, la langue sauvée, 1905-1921
Les Années anglaises
Le Livre contre la mort
traduits de l'allemand par Bernard Kreiss
Le Flambeau dans l'oreille, histoire d'une vie, 1921-1931
traduit de l'allemand par Michel-François Démet
Jeux de regard, histoire d'une vie, 1931-1937
traduit de l'allemand par Walter Weideli

VEZA ET ELIAS CANETTI
Lettres à Georges
traduit de l'allemand par Claire de Oliveira

ELIAS CANETTI ET MARIE-LOUISE MOTESIZKI
Amants sans adresse, correspondance 1942-1992
traduit de l'allemand par Nicole Taubes

GIUSEPPE CULICCHIA
Le Pays des merveilles
traduit de l'italien par Vincent Raynaud

DANIEL DEFOE
Robinson Crusoé
traduit de l'anglais par Françoise du Sorbier

DONATELLA DI PIETRANTONIO
Borgo Sud
L'Âge fragile
traduits de l'italien par Laura Brignon

ANTHONY DOERR
Toute la lumière que nous ne pouvons voir
traduit de l'anglais (États-Unis) par Valérie Malfoy

DAPHNÉ DU MAURIER
Rebecca
traduit de l'anglais par Anouk Neuhoff

EMUNA ELON
Une maison sur l'eau
traduit de l'hébreu par Katherine Werchowski

DAVIDE ENIA
Sur cette terre comme au ciel
La Loi de la mer
traduits de l'italien par Françoise Brun

TOM FRANKLIN
Braconniers
La Culasse de l'enfer
traduits de l'anglais (États-Unis) par François Lasquin et Lise Dufaux

Smonk
traduit de l'anglais (États-Unis) par Michel Lederer

FABIO GEDA
Le Dernier Été du siècle
traduit de l'italien par Dominique Vittoz

ESTHER GERRITSEN
Frère et sœur
traduit du néerlandais par Emmanuelle Sandron

DANA GRIGORCEA
La Dame au petit chien arabe
traduit de l'allemand par Dominique Autrand

JOÃO GUIMARÃES ROSA
Diadorim
traduit du portugais (Brésil) par Maryvonne Lapouge-Pettorelli
Sagarana
Mon oncle le jaguar
traduits du portugais (Brésil) par Jacques Thiériot

GEORG HERMANN
Henriette Jacoby
traduit de l'allemand par Serge Niémetz

JUDITH HERMANN
Maison d'été, plus tard
Rien que des fantômes
Alice
Au début de l'amour
Certains souvenirs
Une clarté dans le lointain
traduits de l'allemand par Dominique Autrand

ALAN HOLLINGHURST
L'Enfant de l'étranger
traduit de l'anglais par Bernard Turle

La Piscine-bibliothèque
traduit de l'anglais par Alain Defossé
L'Affaire Sparsholt
traduit de l'anglais par François Rosso

EDWARD P. JONES
Le Monde connu
Perdus dans la ville
traduits de l'anglais (États-Unis) par Nadine Gassie

IAKOVOS KAMBANELLIS
Mauthausen
traduit du grec par Solange Festal-Livanis

YASUNARI KAWABATA
Récits de la paume de la main
traduit du japonais par Anne Bayard-Sakai et Cécile Sakai
La Beauté, tôt vouée à se défaire
traduit du japonais par Liana Rossi
Les Pissenlits
traduit du japonais par Hélène Morita
Première neige sur le mont Fuji
traduit du japonais par Cécile Sakai

YASUNARI KAWABATA ET YUKIO MISHIMA
Correspondance
traduit du japonais par Dominique Palmé

DANIELA KRIEN
L'Amour par temps de crise
L'Incendie
traduits de l'allemand par Dominique Autrand

GUYLA KRÚDY
L'Affaire Eszter Solymosi
traduit du hongrois par Catherine Fay

OTTO DOV KULKA
Paysages de la métropole de la mort
traduit de l'anglais par Pierre-Emmanuel Dauzat

MICHAEL KUMPFMÜLLER
La Splendeur de la vie
traduit de l'allemand par Bernard Kreiss

DORIS LESSING
Le Carnet d'or
Les Enfants de la violence
traduits de l'anglais par Marianne Véron
Journal d'une voisine
traduit de l'anglais par Marianne Fabre
Si vieillesse pouvait
traduit de l'anglais par Natalie Zimmermann

PRIMO LEVI
Le Système périodique
traduit de l'italien par André Maugé
Auschwitz, ville tranquille
traduit de l'italien par Louis Bonalumi, André Maugé, René de Ceccaty
et Martine Schruoffeneger

EDOUARD LIMONOV
Autoportrait d'un bandit dans son adolescence
traduit du russe par Maya Minoustchine
Journal d'un raté
traduit du russe par Antoine Pingaud
Le Petit Salaud
traduit du russe par Catherine Prokhorov

PAUL LYNCH
Un ciel rouge, le matin
La Neige noire
Grace
Au-delà de la mer
Le Chant du prophète
traduits de l'anglais (Irlande) par Marina Boraso

MICHAEL MAGEE
Retour à Belfast
traduit de l'anglais par Paul Matthieu

DAVID MALOUF
Harland et son domaine
traduit de l'anglais (Australie) par Antoinette Roubichou-Stretz
Ce vaste monde, prix Femina étranger 1991
L'Étoffe des rêves
traduits de l'anglais (Australie) par Robert Pépin
Chaque geste que tu fais
Une rançon
L'Infinie Patience des oiseaux
traduits de l'anglais (Australie) par Nadine Gassie

THOMAS MANN
Les Confessions du chevalier d'industrie Felix Krull
Dr Faustus
traduits de l'allemand par Louise Servicen

SÁNDOR MÁRAI
Les Braises
traduit du hongrois par Marcelle et Georges Régnier
L'Héritage d'Esther
Divorce à Buda
Un chien de caractère
Mémoires de Hongrie
Métamorphoses d'un mariage
Le Miracle de San Gennaro
traduits du hongrois par Georges Kassai et Zéno Bianu
Libération
Le Premier Amour
L'Étrangère
La Sœur
Les Étrangers
Les Mouettes
Ce que j'ai voulu taire
La Nuit du bûcher
Dernier jour à Budapest
Journal (3 volumes)
traduits du hongrois par Catherine Fay

ALESSANDRO MARI
Les Folles Espérances
traduit de l'italien par Anna Colao

VALERIE MARTIN
Maîtresse
Indésirable
Période bleue
Le Fantôme de la Mary Celeste
traduits de l'anglais (États-Unis) par Françoise du Sorbier

JOHN MCGAHERN
Les Créatures de la terre et autres nouvelles
Pour qu'ils soient face au soleil levant
traduits de l'anglais (Irlande) par Françoise Cartano
Mémoire
traduit de l'anglais (Irlande) par Marie-Lise Marlière

STEVEN MILLHAUSER
La Vie trop brève d'Edwin Mulhouse, écrivain américain, 1943-1954, racontée par Jeffrey Cartwright,
prix Médicis étranger 1975,
prix Halpérine-Kaminsky 1976
traduit de l'anglais (États-Unis) par Didier Coste
Martin Dressler, le roman d'un rêveur américain,
prix Pulitzer 1997
Nuit enchantée
traduits de l'anglais (États-Unis) par Françoise Cartano
Le Roi dans l'arbre
Le Lanceur de couteaux
traduits de l'anglais (États-Unis) par Marc Chénetier

ROHINTON MISTRY
Une simple affaire de famille
L'Équilibre du monde
traduits de l'anglais (Canada) par Françoise Adelstain

KALANIT OCHAYON
De la place pour un seul amour
traduit de l'hébreu par Catherine Werchowski

EMILIANO PODDI
Immersion
traduit de l'italien par Sophie Royère

ROSELLA POSTORINO
La Goûteuse d'Hitler
traduit de l'italien par Dominique Vittoz
Et moi, je me contentais de t'aimer
traduit de l'italien par Romane Lafore

CHRISTOPH RANSMAYR
La Montagne volante
Le Syndrome de Kitahara
Atlas d'un homme inquiet
Cox ou la course du temps
traduits de l'allemand par Bernard Kreiss

JENS REHN
Rien en vue
traduit de l'allemand par Bernard Kreiss

MORDECAI RICHLER
Le Monde de Barney
traduit de l'anglais (Canada) par Bernard Cohen

RAFFAELLA ROMAGNOLO
Bella Ciao
traduit de l'italien par Françoise Brun

DONAL RYAN
Le Cœur qui tourne
Une année dans la vie de Johnsey Cunliffe
traduits de l'anglais (Irlande) par Marina Boraso
Tout ce que nous allons savoir
Par une mer basse et tranquille
Soleil oblique
traduits de l'anglais (Irlande) par Marie Hermet

BEATRICE SALVIONI
La Malnata
traduit de l'italien par François Bouillot

IVAN SCIAPECONI
40 manteaux et un bouton
traduit de l'italien par Romane Lafore

ARTHUR SCHNITZLER
Gloire tardive
traduit de l'allemand par Bernard Kreiss

ALEX SCHULMAN
Les Survivants
Prochain arrêt
traduits du suédois par Anne Karila

HUBERT SELBY JR.
Last Exit to Brooklyn
traduit de l'anglais (États-Unis) par Jacqueline Huet et Jean-Pierre Carasso

PAOLO SORRENTINO
Ils ont tous raison
traduit de l'italien par Françoise Brun

MADELEINE ST JOHN
Les Petites Robes noires
traduit de l'anglais (Australie) par Sabine Porte
Rupture et conséquences
traduit de l'anglais (Australie) par Anouk Neuhoff

DAVID SZALAY
Ce qu'est l'homme
Turbulences
traduits de l'anglais par Étienne Gomez

SOPHIE TOLSTOÏ
À qui la faute ? Réponse à Léon Tolstoï
traduit du russe par Christine Zeytounian-Beloüs

NICK TOSCHES
La Main de Dante
Le Roi des Juifs
traduits de l'anglais (États-Unis) par François Lasquin
Moi et le diable
Sous Tibère
traduits de l'anglais (États-Unis) par Héloïse Esquié

DUBRAVKA UGRESIC
Le Ministère de la douleur
traduit du serbo-croate par Janine Matillon

ERICO VERISSIMO
Le Temps et le Vent
Le Portrait de Rodrigo Cambará
traduits du portugais (Brésil) par André Rougon

CAROLINE WAHL
22 longueurs
traduit de l'allemand par Dominique Autran

ROHAN WILSON
Murmurer les noms des disparus
traduit de l'anglais (Australie) par Étienne Gomez

CHRIS WOMERSLEY
Les Affligés
La Mauvaise Pente
La Compagnie des artistes
traduits de l'anglais (Australie) par Valérie Malfoy

Composition : Nord Compo
Impression :
Éditions Albin Michel
22, rue Huyghens, 75014 Paris
www.albin-michel.fr
ISBN : 978-2-226-48637-0
N° d'édition : 25563/01 – N° d'impression :
Dépôt légal : avril 2025
Imprimé en France